舞い降りた天皇《すめろぎ》(上)

初代天皇「X」は、どこから来たのか

加治将一

祥伝社文庫

舞い降りた天皇（上）――目次

装幀／中原達治
本文写真提供／共同通信社　毎日新聞社　読売新聞社

プロローグ　脅迫と刃物

『幕末維新の暗号』を出し、世間の度肝《どぎも》を抜いたのは三カ月前である。

小説にタブーがあってはいけない。しかし内容は日本のタブーそのものだった。口にするのもはばかられる天皇の話で、なんと明治天皇はすり替えられていたという小説である。一気にとはいかなかったが、売れ行きは好調である。望月真司《もちづきしんじ》は日本という国のパンドラの箱を開けたのだ。中から出てきたのは鵺《ぬえ》のように摩訶《まか》不思議な歴史だった。

国を支配するものは、必ず過去の歴史をも支配しようとする。過去が支配できれば、現在も支配できるからだ。

チャイナは七〇年以上前の南京《ナンキン》事件という過去を支配し、韓国は慰安婦問題を支配して現在の日本を呪縛《じゅばく》する。

当時生まれてもいない人間たちが、生まれてもいない人間たちに未来永劫《えいごう》つきまとうというのだから過去の所有化は歴史の分野ではなく、極めて政治の領域だ。政治は事実をあまり問わない。あるのは戦略である。彼らにとってまさに歴史はナショナリズムを絡《から》めた政治なのだ。

当然『幕末維新の暗号』は、歴史を支配する層に歓迎されなかった。つまり抹殺《まっさつ》の対象となっているのは事実である。

連載途中から無言電話と脅迫状が届き、嫌《いや》な空気がまとわりついていた。

脅迫状は〈不敬罪にて、天誅《てんちゅう》を下す〉という時代がかったものから〈なめるなこの野郎。必ずぶっ殺す〉という野性味あふるるものまで数通あった。

気をつけなければという気持ちはあるものの、しかしいざとなったらどうすればいいのかさっぱり分からず、暗い気分のまま結局はなるようになるだろうと、半《なか》ば開き直るしかなかった。しばらく何もなかった。だから次第に、めったなことでは手は出すまいという根拠のない楽観論が胸に満ち、高《たか》を括《くく》っていた部分もある。

ところが、不意にやられた。

雨あがりの夕刻だった。街が薄暗くぼんやりと輪郭《りんかく》を失って、たしかに嫌な雰囲気が漂《ただよ》っていた。

望月真司は橋を渡って、車が一台通るのがやっとという狭い路地を家に向かって歩いていた。

前から男が来た。最初は気にも留めなかった。明日までに仕上げなければならないエッセイ『歴史の風景』のことで頭をいっぱいにしていたのだ。

二メートル手前で、男がおかしな動きをした。胸を突かれたようにはっとした。我に返るとすでに男の手にはナイフが光っていた。顔は青ざめ、目は血走っている。とっさに望月は身構えた。

男が大きく踏み出す。ぎこちない動きだったが速かった。

しかし運がよかった。横の路地から、自転車が猛烈な勢いで飛び出してきたのである。高校生くらいの男子だった。暴走自転車は男の腕に激しくぶつかったあと、ふらつくことなく大慌《あわ》てで逃げるように走り去ったのだ。

気がつくと男が屈《かが》んでいた。自転車とぶつかった弾《はず》みでナイフを落としたらしかった。屈んだ姿は隙《すき》だらけのようだった。逃げようと思った。が、体が違う反応を示した。男が見せた隙に引き込まれたように足が出ていたのだ。

蹴《け》った。どすんと音がした。したたかに腹を蹴り上げたつもりだが、どっこい男は鍛えていた。鋼《はがね》のような腹筋は望月のつま先を跳《は》ね返すと、同時に右腕がその足にがっちりと巻き付いていた。しまったと思ったが、相手は専門家の動きを見せた。

ナイフを拾い上げるやいなや、体勢を保持しながら望月の腿《もも》に突き立てたのだ。嫌な音と激痛が走った。バランスを失い望月は歩道に崩れた。

しかし、さらにツイていた。神は望月を見放さない。背後で悲鳴が上がったのだ。女神、いや近所のおばさんだった。しかも二人。

耳をつんざく悲鳴。かつてこれほど心強い悲鳴はなかった。天下無敵である。賊は弾《はじ》かれたように望月から離れ、踵《きびす》を返してあっという間に消えたのである。

病院に担《かつ》ぎ込まれた。消毒をし、傷口を縫《ぬ》い合わせたが、なぜか痛み止めの薬が効かなかった。しばらく焼けるような痛みが脈打っていた。刃物が肉に突き刺さる、ガシュッというような嫌な音も長く耳にこびり付いていた。

思いもかけない入院生活、さっそく刑事が来た。

犯人の歳格好《としかっこう》を訊《き》かれたが、特徴的なことは何ひとつ答えられなかった。普通の日本人で中肉、中背、年齢は四〇歳くらい……。

質問は襲われた心当たりに移った。前回出版した本で脅迫を受けていたと話した。脅《おど》される度に警察へ報告していたので、調べれば分かるはずである。

「タイトルは『幕末維新の暗号』です」

と言って相手を見たが反応はない。本の中身はおろか、題名すら耳にしたことがないといった表情で、作家にとってははなはだ面白くない。

これは言論を封じるテロ事件で、民主主義国家としてはただごとではないと述べたが、刑事との温度差は尋常ではなく、あっけなく帰ってしまった、というのが望月の印象だった。

まつろわぬ作家

夕刻のユカの見舞いが待ち遠しかった。娘でも親戚でもないのに、心配して一日おきに顔を出してくれるのだ。好物の粒餡《つぶあん》豆大福餅の差し入ればかりではない。きれいに花を飾り、身の回り品の買い物をし、ちょいちょいと洗濯もこなした。

「助かります。ありがとう、学校の方は大丈夫？」

儀礼的な口調になったが、一応は彼女の勤務先を慮《おもんぱか》る。

桐山《きりやま》ユカは中学校の歴史教師だ。まだかなり若い。はじめは歴史でのつながりだったが、月日は質を変え、今では娘同然に出入りしている。むろん、共に歴史をもっと深く掘り下げようという頼もしい同志でもある。

「ご心配なく。クラスは受け持っていませんから」

「むろん嬉《うれ》しいけれど、本当に甘えていいのかなと思いましてね」

ユカは口元に愛嬌《あいきょう》のある笑みを浮かべる。どちらかというと愁《うれ》い顔だ。少々寂《さび》しそうなのだが、知的でおとなしい垂《た》れ目が、何ともいえない気品を醸《かも》し出している。

「回復は順調そうですね」

「もう少しで外を歩けます」

ユカはもっとゆっくりしてくださいと応じた後、犯人はぜんぜん捕まらないみたいですね、と不満そうに言った。

「僕は国の鼻つまみ者ですから、警官諸君も熱くなれないのでしょう」

「まつろわぬ作家ですもんね」

出版社からの見舞いは遠慮を願っている。気を遣われるほど苦手なものはない。特に利害の絡む相手は面倒で、慇懃《いんぎん》にされても居心地が悪いし、だからといって気安くされても面白くない。

したがって病院に来るのはユカだけである。

退院した。ひと月ほどで松葉杖からステッキに代わった。

望月は愛用の鞄《かばん》を出して、旅支度にかかった。取材先は出雲《いずも》である。

1　古代出雲の謎

出雲《いずも》へは飛行機を使うことにした。

朝のニュースによれば日本列島奄美《あまみ》大島沖に、早くも大雨を伴《ともな》った大型台風が接近しているという。まだ八月前である。

やはり異常気象だ。かなり正気を失っている。

空港へ向かうタクシーの後部座席から、ちらりと曇天《どんてん》を目で探った。雨がぱらつきはじめている。飛行機は西に向かい、台風は勢いを増しつつ西から近づく。よりにもよって、望月の飛行機は台風に突っ込んでいくようなものである。

大荒れになったらなったで出たとこ勝負だな、と空を見ながら腹を括《くく》る。

飛行機は厚い雲の上を滑空した。

自分でも気がつかないうちに、どっぷりと考えごとに沈んでいた。考えごとの中身は日本人のルーツだ。

言わずと知れた縄文人、ざっと一万年前に花開いた日本列島文化の担《にな》い手である。これまで発掘されている人骨が均一な顔つきと均一な体つきであることから長い間、大陸との交《まじ》わりは、さほどさかんではなかったようである。

その原日本人は、むろんかなり以前にミックスを終えている。旧石器時代に、シベリアを含む北方の民族と東南アジアから上ってきた連中が出会ってのハイブリッドだ。

東南アジア系が北上したのは、一万数千年前に始まった地球温暖化と連動しているらしく、暖かさに浮かれて北へ北へと上がったのだ。

排ガスもないのに温暖化がなぜ起こったのかは不明だ。しかし、とにかく地球は周期的にそうなるらしい。

北と南の民族が巡《めぐ》り会う。ロマンチックな光景だ。アフリカで誕生した人類が、ユーラシア大陸でいったんは北と南に別れたのだが、何千年、何万年という旅のあげく再び極東の日本列島で相まみえる。

――いきなりロマンスにふけったやつもいただろうなあ。古代人だって札付《ふだつ》きの遊び人がいるだろうし……――

強い酒を勧めて木陰に誘《いざな》う。浮気性の女がまっさきについて行く。望月はけったいな出会いのシーンを想像し、ついにやにやと笑った。慌《あわ》てて咳《せき》払いをして周囲を見渡したが、誰も、笑いには気づいていないようだった。

しょせんは人間であるから、危なっかしくも友好の輪は広がった。

言葉はどうしたのか？　その頃は「腹減った」、「水」、「山」、「海」などせいぜい五〇〇くらいの単語だったらしくすぐにこなす。

混血は優れた種族を生むというのは、犬だけではない。免疫力に勝《すぐ》れ、賢くなるらしい。してみると南と北で混じった日本人が優秀なのもそのせいであろうか？　まあ、一部分だが。

縄文人のルックスはエキゾチックだ。のっぺりしたチャイナ系、朝鮮系とは明らかに異なっている。いわゆる目鼻立ちのはっきりとしたアイヌまたは沖縄人のイメージだ。

性格はおっとりしている。でしゃばらない。裏表がない。来る日も、来る日も同じ生活の繰り返しで、物質的な進歩はほとんど見られなかった。

魚や果物、ナッツ類を食べ、神に感謝を捧げての毎日だ。異性と出会い家族を作り、そしてまた神に感謝し寝床に這入る。それ以上の欲はない。出世とは無関係な、ぬくぬくとした生活。その果てがこのせちがらい浮き世である。きっと我々は、どこかで足を踏み外したに違いない。

彼らの生活は貝塚《かいづか》で覗《のぞ》ける。貝塚とは、動物の骨など食事の残りカスの捨て場所だ。意外と几帳面で、決められた所にちゃんと捨ててある。だから貝塚を漁《あさ》ると一目瞭然、当時の食糧事情、栄養事情などまでも分かってくる。

ところが貝塚から人骨が出てきた。

残飯と人骨を一緒にするなど、やはり縄文人というのは野蛮な連中なのだ。と、学者は長いことそう思っていた。しかしよくよく見ると、その人骨はきちんと埋葬されていたのである。しかも祭祀《さいし》の用具まで並べられている。

そこで見方ががらりと変わった。

貝塚はゴミ捨て場ではなく、食べたものを神に贈《おく》る儀式の場。いうなれば祭壇というコンセプトを持っていたのではなかろうか。いや、どうやらそうらしいのである。

古代人にとって、食べ物をくれるのは大自然だ。その大自然と神とは一体だった。

神が怒れば自然が荒れ狂って、海や森が人間を拒絶する。ならばどうする？　何はともあれ神を宥《なだ》める他はない。

自然＝神。

万物《ばんぶつ》に霊が宿るアニミズムの世界、アメリカ・インディアンと同じ自然神に対する信仰である。大自然に傅《かしず》き、貢物《みつぎもの》を捧げる。そうやって幾十万年も暮らしていたのだ。

ところがにわかに身辺が騒がしくなる。チャイナ大陸、あるいは朝鮮半島からの訪問者だ。それまでも、ちょろちょろと細い交易はあったのだが、活発になったのはＢＣ五〇〇年あたりのことだ。

と、今まで思われてきた。水田稲作は多くの渡来人と一緒にやって来て、その水田稲作の伝来がＢＣ五〇〇年頃という認識があったからである。

しかし近年にわかに様相が変わってきた。歴史はどんどん変化する。いやその言い方はおかしい。歴史は不変なのだが遺跡の調査、発見が進むにつれ我々の方が変わってきているのだ。

ときどき口角泡《こうかくあわ》を飛ばして自分の説が正しいと主張する学者がいる。何かの憂さ晴らしなのか他説をしゃかりきになって攻撃する。そんなに他人を詰《なじ》って大丈夫なのかと思っていると、案の定、たいてい真新しい発見に足を払われ、赤っ恥をかく。しかしかくいう自分も、その人を笑ってはいけない。またいつ引っくり返されるとも限らないのだ。

さて水田稲作はいつ始まったのか？

覆《くつがえ》る水田稲作伝来の常識

望月はジャケットの内ポケットから無造作にファックスを取り出し、皺《しわ》を伸ばした。ユカが昨夜送ってくれたものである。

ファックスを額《ひたい》につけ、感謝の念を表わす。と、隣の席に座っている男が不思議そうな視線を寄越した。

咳をはらって改めてファックスに目を通す。つい先日開かれた、ある考古学学会のレポートだった。

万事心得ているはずの望月でも、多少の衝撃を感じる内容である。加速器質量分析による炭素測定の結果、九州北部の水田稲作遺跡は、なんとBC一〇〇〇年前後のものだというのだ。これだと定説より一気に五〇〇年も早まる勘定である。

一口に水田稲作というが、そのプロセスは難しい。まず田植えの時期、刈り取りの季節を読まなければならない。それに定期的な雑草の駆除《くじょ》はもちろんのこと、水加減や鳥の追い払いもあるし、運搬、保存という問題もある。水田稲作というのは忍耐と計画性の賜物《たまもの》で、八十八回手を入れなければならないことから「米」は「八十八」と書くのだそうだが、知的労働である。

つまりBC一〇〇〇年という大昔に、それだけのことをこなしていた集団がいたのだから大したものだ。

心が釘付けになったのはこればかりではない。さらに常識を覆《くつがえ》す次のレポートが続いていて、それには、いささか胸が躍った。

朝鮮半島（百済《くだら》）で確認されている最古の水田稲作遺跡だ。日本列島とほぼ同時期だというのである。

ということは、同じ時期に日本列島と朝鮮半島に伝わったことになる。

これまでの水田稲作の伝達経路は、

チャイナ大陸→朝鮮半島（百済）→倭《わ》国

が常識だった。しかし、

チャイナ→倭国

だというのである。レポートはチャイナ南部からいきなり海を越えダイレクトに倭国に伝わったと主張しているのだ。

なぜ朝鮮半島をすっ飛ばしたのか？

立ちはだかったのはチャイナ大陸という障壁だ。降雨量が少なく、しかも冬は厳寒で、水田稲作にはまったく適さない不毛地一帯が中央から北部にかけて広がっており、大陸南部で発達した水田稲作はその壁に阻《はば》まれ、北上できなかったというのである。

そこで進路は海に向いた。たどり着いたのが温暖な九州、出雲エリアだ。手にしたレポートは、逆に日本列島経由で朝鮮半島に渡ったという、常識とは逆の可能性を暗示していた。

チャイナ大陸→日本列島→朝鮮半島

まったく歴史は油断がならない。

ＢＣ一〇〇〇年、水田稲作技術を持ったチャイナ人集団が、日本列島に来たというのは有力な説で、集団は大陸南部に存在した「呉《ご》」の人間らしい。というのも呉と倭国の稲のＤＮＡが合致したからである。「呉」というのは呉越同舟《ごえつどうしゅう》の呉だが、ＢＣ四七三年に「越」によって滅ぼされている。そう考えると「倭」というのは「呉」かもしれないと思ったりもする。つまりチャイナの発音はほぼ同一なのだ。

呉《ウ》倭《ウォ》

呉の人間が九州に住みついて、自分たちを「ウォ」だと名乗ったのを、後漢からやってきた使者が「倭」という漢字をあてはめた可能性は高い。

目を瞑《つむ》るとＢＣ一〇〇〇年あたりから、チャイナ系、朝鮮系を問わず波状的に海を越え列島を目指す人々の姿が浮かんでくる。

渡来してきた人々の純血を守ることはできない。人見知りの激しいどんな偏屈《へんくつ》者でも、せいぜい三世代もあとになれば現地人と交わる。三世代はだいたい七、八〇年だが、現代

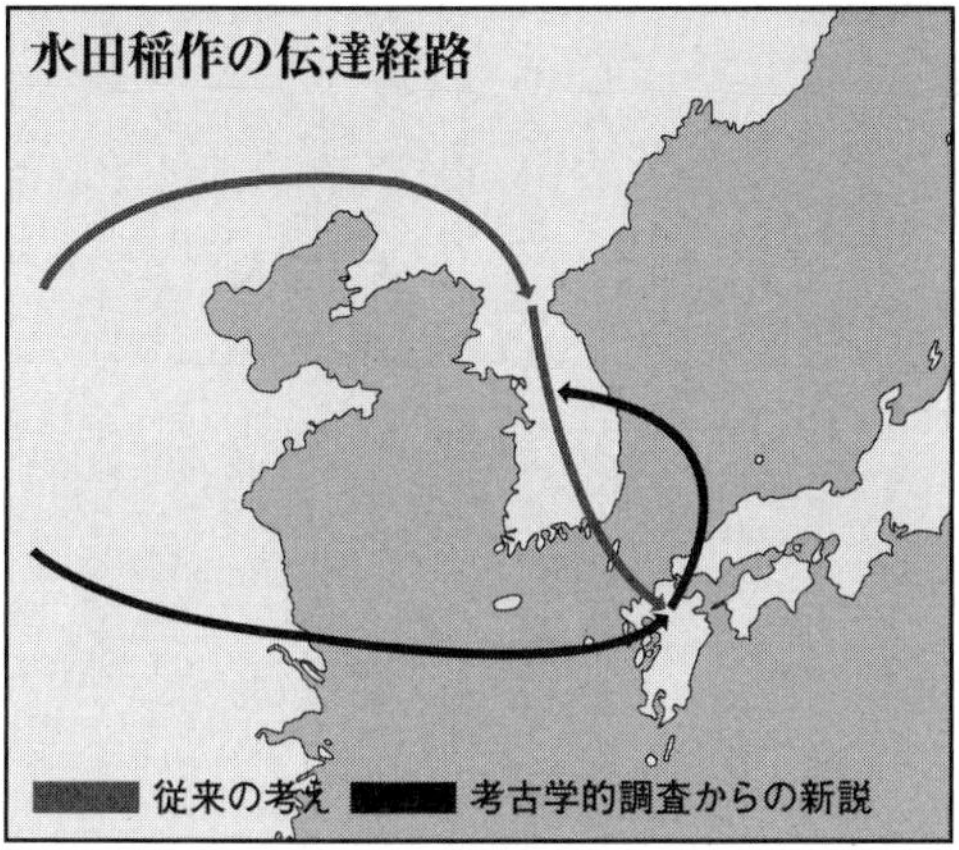

これまでは大陸→朝鮮半島→日本列島が定説だった。しかし九州北部と朝鮮半島で、同じ紀元前一〇〇〇年頃の水田稲作遺跡が発見されたことから、大陸→日本列島→朝鮮半島というルートの可能性が高まった。

でもそれが移民の宿命だ。

古代ならもっと早く溶け込む。現代ほど〝国〟という概念がないから帰属意識が薄いわけで、いったい自分はどこの誰なのかすらよく分かっていないはずだ。

列島生まれの渡来人二世あたりになると、親の故郷などまるで実感が湧《わ》かない。したがって気づかうことはない。生まれ育った土地が故郷になる。第二次大戦の時、日系二世がアメリカ兵となって果敢に親の祖国、日本に刃《やいば》を向けたことを考えれば、なんだかんだと言って同化は早いはずだ。血縁より地縁にリアリティがあるのだ。

弥生《やよい》時代も中期から後期に入る。だが、ここで注意をしなければならないのは縄文時代と弥生時代の区分けだ。

昔、小中学校で習ったのは縄文式土器、弥生式土器、というふうに土器の文様で時代を読み取る方法だった。ところがこれではおかしなことがいっぱい起こってくる。たとえば北九州、近畿、山陰……地方によって弥生式土器が流行《はや》る年代が違っているのだ。そうなると、あるエリアでは縄文時代だが他のエリアでは弥生時代になってしまう。これは東京は江戸時代だが、大阪は明治時代だと言っているようなもので、ずいぶんへんてこな具合だ。

それに世間では弥生式土器が流行っているのだが、どうしても自分は縄文式土器が好きだという懐古趣味の古代人だっていないとも限らない。あるいはリバイバルで縄文式土器がまた復活した、などということもあるかもしれない。そうなれば弥生時代の地層のあちこちから縄文式土器が出てくるから、土器文様による区分けはあてにならない。

したがって最近の目安は水田稲作だという。水田稲作が始まったら弥生だ、というルールがいつの間にか主流になっているのだ。

しかしこれまたおかしい。北海道の水田稲作は明治に始まったわけだから、ではそれまでは延々縄文時代だったということになる。ならば幕臣榎本武揚《えのもとたけあき》と官軍との箱館《はこだて》戦争は、縄文時代の戦《いくさ》ではないか。

それはともかく一般には水田稲作跡の鑑定の結果、弥生時代というのはBC一〇〇〇年くらいまで延び上がって、下はAD三〇〇年までの間の一三〇〇年を賄《まかな》っているらしい。

望月はその頃を思い浮かべる。

——必死で櫂《かい》を漕《こ》ぐボートピープル——

海を渡るには貴重なボートが必要だったことから、訪問者たちはホームレスのような難民ではあるまい。

多人数の移動なら戦争で追われた負け組、圧政や飢饉《ききん》からの逃亡者集団ではないか、望月はそう思っている。

縄文人を追い出して住み着いた倭人とあとから来た渡来人の姿、形ははっきりと違う。言葉、髪型、装飾品や服装だって全部異《こと》なる。何と言っても倭人の顔に彫られた刺青《いれずみ》は目立ったはずだ。望月は幼い頃、顔に刺青のある本物のアイヌを見たことがあり、おそらくあの類《たぐい》のものかもしれない。

渡来人の意識はのんびりとしたものではない。負け組逃亡者ともなれば、かなり切羽詰《せっぱつ》まっていて、今度は何としても勝ち組になりたい一心で、それなりの武器を携《たずさ》えている。

弥生も半ばを過ぎると対する土着倭人も心構えが違ってくる。これまで何度も煮え湯を飲まされ、新渡来人の悪い噂《うわさ》もそこら中に飛び交《か》っている。警戒感もあれば危機感もあり、両者の間には火花を散らす摩擦があったのではないか。しかし手出しはできない。

土着倭人はよそ者にたじろぎ、尻下がりに離れる。どうにも苦手である。上等な着物を付け、長い剣を引きずるように腰に落とし、態度が実に横柄である。貫禄に差がありすぎて、棒切れを手にしただけでは、どう逆立ちしてもかなわない。

そしてもう一つ、渡来人の武器は文字だ。連中のリーダーは文字を知っている。文字をあなどってはいけない。話し言葉だけでは、軍事的な統率は取れないのだ。大雑把《おおざっぱ》なことなら口頭で伝わる。しかし細かな作戦ともなれば、どうしても文章にしなければ正確には伝わらない。伝言ゲームを思い浮かべてほしい。三、四人後にはめちゃくちゃになっていて、作戦実行など無理な話だ。そして話し言葉は軽い。ここは俺に万事まかせておけ、という口約束は時間と共に消えてゆき、長期戦にはふさわしくない。兵糧《ひょうろう》をどう蓄《たくわ》え、どこに何を運ぶ、夜明けに軍はどう動き、かくかくしかじか、かように仕掛ける。緊急時にはどう行動するのか。指揮、命令をこまめに伝える文字は戦力の要《かなめ》である。

歴史をざっと見ても、文字を持たない民族は呑《の》み込まれてゆく。インカ帝国、アメリカ・インディアン、ハワイのサモア人、そして北海道のアイヌ。みな文字を持たなかった。ゆえに寂寞《せきばく》の感を禁じえないが、文字を持った他民族に征服されたのである。〈ペンは剣よりも強し〉というのは近代だけの話ではない。古代より文字にはかくのごとき魔力が秘められているのである。

かくいう望月も、文字があるからこそ人並みの暮らしができるというものだ。文字のなかった数十万年もの間、作家は業《なりわい》として成り立たなかった。してみると出版社も新聞社も、いや文字がなければ現代は一日たりとももたないではないか。ペンでなぞっただけの文字が、武器になり、金を生み、国家を作る。まさに神のごとき存在である。

――そういえば、ヨハネの福音書の有名な台詞《せりふ》は「言葉は神であった」だったな――

ファックス用紙を畳み、なにげなくポケットに戻すと手に別の紙が触った。

二日前に受け取った脅迫状だ。むろん本物は警察に届けてある。望月は気を緩《ゆる》めないためにもコピーを持ち歩くことにしているのだ。


〈天皇陛下の愚弄《ぐろう》は許さない。今度は必ず殺《や》る〉


文才はないが、ストレートな文言《もんごん》が妙にリアルだ。例の男に違いない。

あの手の組織は厳しいだろうから、前回の失態を上筋から詰《なじ》られたはずである。次は死に物狂いでくる。運が味方しないかぎり、かなりやばいと思うが天皇を愚弄したというのは言いがかりだ。

『幕末維新の暗号』では、明治天皇は偽者にすり替えられていたとして、むしろ本物の天皇の身を案じているのだ。あの男も本当に皇国史観に立っているならば望月と同じ立場に立って真実を見極め、ぶつぶつと断ち切られてきた万世一系《ばんせいいっけい》を憂《うれ》い、悲しまなければおかしい。

望月は南北朝どちらの側でもない。愚直に真実を知りたいという信念に基《もと》づいて小説を書いているだけで、それは作家の務めだ。国民もそれを願うはずである。だからこそ売れているのだ。

そうはいっても、真実がテロリストに通用するわけもない。

刺されるのはもうご免こうむりたいし、さりとてどう避ければいいのか見当もつかないが、前回のこともある。とにかくこうして気を引き締めていれば、天がよき計《はか》らいをしてくれるだろうと祈る他はない。

――その時はその時です……――

望月は稲作に考えを戻した。

この稲作こそが貧富の差を生み、階級社会を加速させた張本人だ。

階級社会。ふと前方を見た。ビジネスクラスのシートが並んでいる。

――なるほど階級社会だ。金の使える連中とその他大勢。たかだか一時間ちょっとの飛行なのだが、エコノミークラスのシートでは我慢ならない人間がいるのである。同じ場所、同じ時間に到着するというのに、わざわざ高いお金を出して、わずか一〇センチ広いだけの席に座りたいという人間の心理。同じ米の飯を食いながら、前方エリアには見栄と自己満足が群れている。二一世紀になっても、階級はなくなるどころか、途方にくれるくらい歴然としてきているではないか――

溜息《ためいき》を漏らし、また頭に米粒を描いた。

なぜ米が階級を生んだのか？　蓄えがきくからだ。魚や野菜、果物なら、あっという間にだめになるが、米は違う。一年でも二年でも、風通しをよくすれば三年くらい平気でもつ。蓄えは富をもたらし、ゆえに厳然たる階級社会を生んだのである。

すでに水田稲作を発達させている渡来人は、高慢ちきな階級社会の酸《す》いも甘いも噛《か》み分けた連中だ。

対して縄文人にそういう意識は薄い。食って寝る。その日の食料を採集して一日が完結する。地域のリーダーくらいはいたことはいたのだが、支配者と呼べるようなものではなく、せいぜいが村長《むらおさ》程度だ。この違いは大きい。

「倭」の領域は朝鮮半島南部に至っていた

奇妙に思うだろうが昔のチャイナの文献に目を通すと、倭人圏は我々の持っているイメージと、かなり違っている。対馬《つしま》・朝鮮海峡を挟《はさ》んだ一帯を指しているようなのだ。すなわち朝鮮半島南部、対馬、九州北部全域が倭人エリアというわけである。

これはどういうことなのか？　最近の調査では、朝鮮半島での倭人の痕跡はBC三〇〇〇年～BC一〇〇〇年に遡《さかのぼ》れるというのだから驚きだ。向こうの貝塚から、北西九州型結合釣針などの漁具、九州の土器などが出てきているのだ。これは朝鮮半島人が行き来したというより、倭人が器用に海を渡った軌跡だと解釈されている。

したがって、我々の感覚で倭人を単純に今の日本人と重ねると当時の雰囲気は伝わらない。控えめに言って、倭人は朝鮮半島南部にもけっこう住んでいたのである。

するとやはり、列島にまったりと住んでいた縄文人と倭人は別人種ということになる。頭の切り替えが必要だ。縄文人を蹴散らして定住した弥生人と呼ばれる連中がチャイナ文献の倭人だと望月は思っている。現在ジプシーと呼ばれる集団が単一民族ではないのと同じように倭人も呉人を中心とするゆるやかな民族の総称ではないだろうか？　チャイナ人が日本列島に渡る際、最初に遭遇するのは朝鮮半島にいる倭人だ。

そこで倭語を少々習い、習慣や気質を学習するなど入念に下準備を施《ほどこ》してから、導かれるように集団で海を渡ったと考えられるのだ。

階級を知り、富を知っている集団の狙いはさらなる富だ。負け組であればあるほど、その反動で貪欲《どんよく》になる。富は水田稲作と共にあり、それは領土の支配を意味する。

連中は領土支配のテクニックを心得ている。殷《いん》とか周《しゅう》という大きな国家を造っているくらいだから、未開人の丸め込み方くらいは嫌でも学習している。

まず適した土地に目をつける。狩猟が主体の縄文人に土地への執着心はない。甘い言葉をかけると比較的簡単に土地を手放す。手放せば負けである。むろん抗《あらが》った者もいるだろうが渡来人の敵ではない。追い払われるか、取り込まれるかのどちらかだ。まずいと気づ

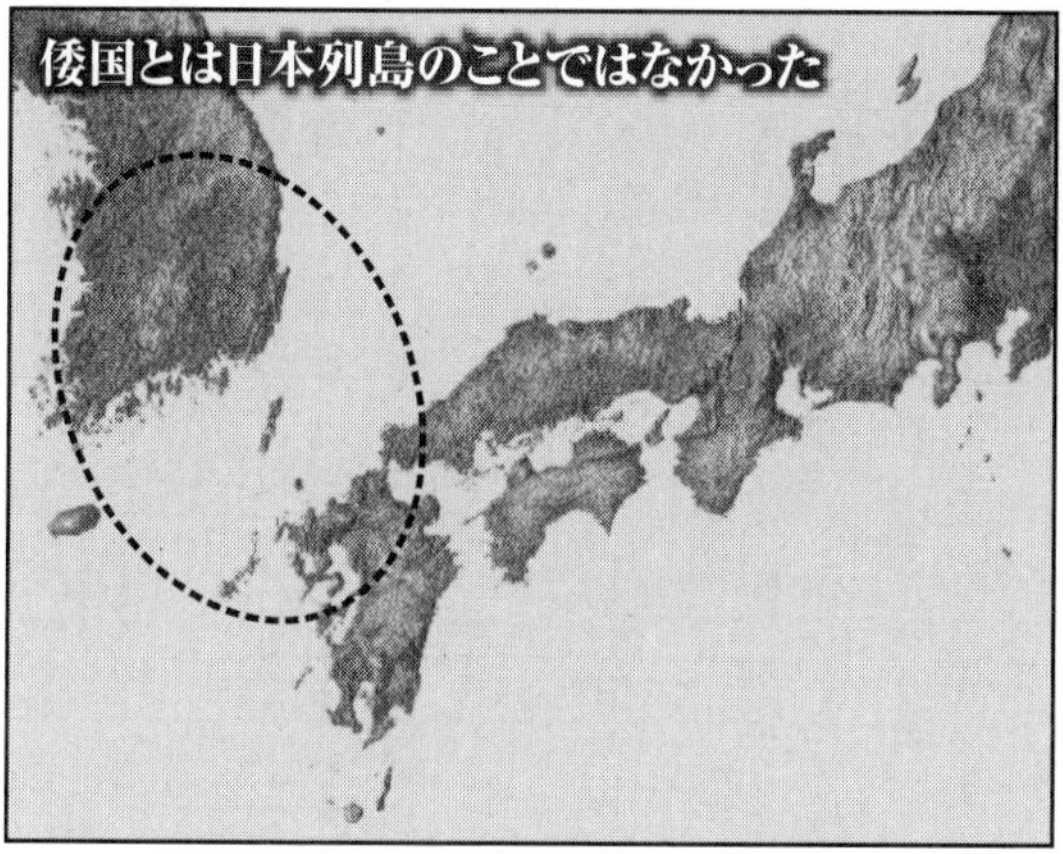

紀元前一五〇〇年ごろ、倭人は朝鮮半島南部、対馬、九州北部（点線内）を版図としていたことが、考古学的史料から判明している。

いた時には、一等地をかなり収奪されている。

一八世紀のアメリカ大陸を見るがいい。野性味あふるるインディアンでさえ、人の良さにつけ込まれ、抵抗らしい抵抗もせずに自分たちの土地を西欧人に明け渡している。後半戦にしても「白人嘘つく、インディアン嘘つかない」と言っているうちにあれよあれよという間に陣取りゲームに負けているのだ。

縄文人の結束もあった。しかし渡来人は百も承知のアウェーでの戦いで、諸々《もろもろ》をわきまえている。騙《だま》し、脅《おど》し、懐柔《かいじゅう》で縄文人同士の激しい食い合いを誘っている。

むろん戦いは複雑だ。縄文人対渡来人というシンプルなやつから、先住渡来人である倭人と後発渡来人の争いも起こってくる。あるいは渡来人同士の派手な諍《いさか》いも繰り返される。

と、ここまでは何となく想像できる。しかしこれから先が見事にぼやけるのだ。

そう、天皇はいったいどこから来て、どこに潜伏し力を蓄えたのか？

望月は腕を組んだ。

当時をしのぶよすがは考古学、神話、伝承、地名、地理、経済学、政治学、心理学、比較文化などだ。あらゆる分野に目を配り、油断なく推測する。まるで探偵作業だが、望月は中でも神話は重要な手がかりを秘めていると睨《にら》んでいる。

これから訪れる出雲は、ありがたいことに神話の宝庫なのだ。


出雲は神話の母体だ。『古事記』、『日本書紀』、書かれている神話の三割以上の舞台が出雲である。

自他共に認める地上の総元締はオオクニヌシという大貫禄の神で、鎮座《ちんざ》ましましているのが出雲大社である。さらには人気者スサノオが八岐大蛇《やまたのおろち》を退治したのも出雲だ。他にも黄泉《よみ》（死者）の国へのドアがぽっかりと口を開けている海岸だの、因幡《いなば》の白兎《しろうさぎ》を髣髴《ほうふつ》とさせる白兎《はくと》海岸などがあって、まるで神話のディズニーランドである。

今回の旅は、その辺を探るのが目的だが、事と次第によっては古代史の根幹に関わる発見がありそうな予感もある。

ぞくぞくするのは出雲自体の謎だ。これだけ神話のご贔屓《ひいき》筋にもかかわらず、その後なぜかぱっとしない。いやむしろ蔑《ないがし》ろにされているのである。蔑ろにしたのはヤマト政権、そう天皇である。

『日本書紀』では早くも「山陰」（天武《てんむ》天皇一四年九月条）などと日陰者のように蔑《さげす》み、それからずっと「裏」という暗いレッテルをぺたぺたと貼りまくっている。かつて歴史家の中には、出雲というのは神話だけの国で、実際には存在しなかったなどと、黒い墨《すみ》でべったりと塗《ぬ》り潰《つぶ》した輩《やから》もいたくらいで、長い間不当すぎる扱いに甘んじてきたのである。

その背後に何があったのか？　何に由来するものなのか？

天皇のルーツを探るためにも、邪馬台国《やまたいこく》の謎を解くためにも出雲は絶対にはずせない土地柄である。

埋葬された「権威」

飛行機を降り、空港の外へ出た。出雲は暑かった。台風の影響は微塵《みじん》もなく、真夏の陽射しがそこらじゅうに跳ねている。

望月はローラー付きの黒い鞄を引き、タクシー乗り場に急いだ。

皮切りが荒神谷《こうじんだに》遺跡である。

子供のように興奮が胸を満たしていた。ぴんと張り詰めた緊張感もある。ここを見て驚かぬ学者はいないだろう。というのも、考古学上の常識をあっさりと打ち砕いた歴史が埋まっていたからだ。

一九八四年、突如この遺跡が現われた。出土したのは銅剣だった。あっと言わせたのはその数だ。三五八本、とてつもない本数である。これまで日本で発見された銅剣の合計数、三〇〇本余りをたった一箇所で呑み込んでいたのだ。世紀の大発見である。

考古学ファンの熱い視線が集まった。これはいったいどういうことなのか？　神話が示すとおり、出雲にはヤマト並みの勢力が存在していたのだろうか？


荒神谷博物館は、ずいぶん人里から離れている。

荷物を館内に預けると、望月はすぐさま踵《きびす》を返した。ステッキを手に早足で歩く。胸の高鳴りはいっそう激しく、興奮は収まらない。

昔は女性にときめき、今は歴史にときめく。うまくできたもので、人生幾《いく》つになってもときめきは絶えない。

遺跡に通じる畦道《あぜみち》のような小道。暑かった。しかし噴き出る汗が心地よかった。いきなり蟬《せみ》の声が四方から沸《わ》き上がってくる。いや、さっきからやかましく鳴いていたのだが、深い考え事のために、たった今気づいたのかもしれなかった。汗が帽子の下のこめかみあたりから滴《したた》り落ちる。

ハンカチで顔を一拭《ひとふ》きし、またステッキを突いた。

突然、奥まった突き当たりに視線が釘付けになった。遺跡。辺鄙《へんぴ》な場所である。
四、五〇メートルもあるだろうか、その丘の胴腹をV字形に深く谷が抉《えぐ》っている。銅剣を呑み込んでいたのは左の斜面だ。銅剣がないだけで、あとは発見当時のままである。
足を止め時計を見下ろす。コンパスが組み込まれている特殊時計を合わせてみる。埋納《まいのう》は太陽の当たる南斜面だ。ざっと一七〇〇〜一八〇〇年前、手間隙《てまひま》かけて土を水平に均《なら》してテラスを作り、その上に銅剣をきれいに並べたのだ。何のために？

ぐるりと周囲を見渡した。

人っ子一人いなかった。谷に囲まれ、まったく目立たない空間である。まるで人目を避けてひっそり隠し埋めたような感じだ。しかし背徳《はいとく》の匂いはない。おそらく隠蔽《いんぺい》が目的ではないだろう。隠すつもりなら、わざわざ作った水平のテラスは目立つはずだし、どうやら昔は屋根がかけられていたらしい四つの穴もあって、ならば隠し事は似合わない。

しばらく眺めた。本物だけが持つぞくぞくする波動が伝わってくる。

平日だからか、観光客は現われない。望月は埋納場所とは反対側の右斜面を少し登った。七、八メートルの距離で向き合える場所だ。そこから全体を見下ろす。

すべての銅剣の刃は起きていたという。剣という剣はきれいに隙間なく重ねられ、それは四列に整列している。丁寧《ていねい》な仕事ぶりだ。やはり「埋納」という表現がふさわしい。

下から一列目は、九三本。すべての切っ先は右を向いている。二列目は一二〇本で、これも、またぜんぶ右向きだ。

ところが三列目になると違ってくる。一一一本なのだが、山側の四本だけが左を向き、あとは左右交互に置かれている。

最後の四列目は三四本だ。これもぜんぶ互い違いだ。

なぜ方向が違うのか？　これは意識的だ。この並べ方がさらなる謎を醸《かも》し出している。銅剣の上には黒褐《こつかつしょく》色の土が乗せられ、その上からわざわざ運んできた粘土で、まんべんなくきれいに覆《おお》っている。まるで宥《なだ》め賺《すか》しているようにも思える。

発掘状況から、やはり儀式的な匂いがぷんぷんする。

「埋納」は何のためか？

一本の銅剣の重さは約七〇〇グラム。総重量は二五〇キログラムを超えており、車輪のない時代、四、五人ではここまで運びきれまい。大勢が関わっている。

代表的な説が地鎮《じちん》説だ。地の神への捧げものとして銅剣を埋めたというものである。あるいは邪気や悪霊を祓《はら》うためという説もある。

が、その考えには賛同しかねる。数が一本や二本ならそういう考えも成り立つだろう。この数量から察するに、おそらく手持ちのすべてを埋めたのではないか？　在庫を涸《か》らしたら、次の地鎮ができなくなるではないか。そうなれば悪邪の祓いも不可能になる。大量

一九八四（昭和五九）年、島根県の荒神谷遺跡から出土した銅剣。三五八本という量の多さ、四列に整然と並べられた様子などから、古代人の儀式的な匂いが立ち上る。

の埋納は何か別のことを訴えかけている。

望月はステッキを脇に置き、その場に座った。瞑想である。

通り過ぎてきたあらゆるものに心を開き、清濁《せいだく》を併《あわ》せ、関わりあるすべてを受容する。うまくいけば閃《ひらめ》くこともあるのだ。

土の香りがし、滴《したた》る汗が気持ちいい。古《いにしえ》に囲まれた贅沢《ぜいたく》なサウナである。

やがて寛《くつろ》ぎが過ぎ、頭が痺《しび》れてきた。今回はいつもと違って軽い目眩《めまい》を覚える。意識がほの暗い宙を漂《ただよ》い、白濁したシャボン玉のようなものが浮かんだかと思うと、頭の中でワイパーが作動し、さまざまな模様を弾《はじ》き飛ばした。目眩は続き、船酔いにも似た吐き気をもよおした瞬間だった。唐突に場面が出現した。

人だ。一〇人、二〇人ではきかない。一〇〇、二〇〇……いや、およそ四〇〇〇人……。手に手に銅剣を携《たずさ》えて集まり、周囲はぴんとした緊張感に包まれている。

身なりはきちんとしている。彼らは周辺の村長《むらおさ》だろうか。なるほど銅剣は村長に与えられた権威の象徴かもしれない。しかしそれをなぜ埋めるのだ？

曇り空の下、一人の男が丘の中ほどに立っている。一番豪華な服装から思うに、男はクニの王だろうか。

複数の指導者によって人々が整列させられている。楽しそうではない。むしろ嫌な雰囲気が漂っている。整列させられている連中は一方的に怒鳴られ、剣を頭上に押し頂く。大事《おおごと》である。何かに決着を命じられているようだが、その先が分からない。

これからどうなるのだろうと思った時だった。急に陽の暑さを感じ、いっせいにジージーと蟬の声が湧き上がった。幻はそこで終わった。

湿った空気がまったりと淀《よど》んでいる。

ふと無警戒に遺跡と向き合っている自分を意識した。

ここで襲われたら逃げ場はない。たとえ助けを叫んでも、声は虚《むな》しく周りの木々に吸い込まれるだけである。

強烈な陽射しに見舞われた望月は、大きく深呼吸をしてから目の前のものを見つめ、遺跡をたっぷり目に焼き付けた。

脚を励ましながらステッキを突く。次に向かった先は加茂岩倉《かもいわくら》遺跡だ。

荒神谷遺跡からは比較的近く、南東およそ四キロの場所にある。

あたりは寂しい山間《やまあい》だが上代には活気があったとみえ、加茂岩倉遺跡の他にも南約一・五キロほどのところから景初《けいしょ》三年（二三九年）と銘打たれた銅鏡が出土している。この銅鏡は遠慮がちに一枚だけだ。しかし銅鏡に彫られた二三九年は特別の年にあたる。まさに邪馬台国の卑弥呼《ひみこ》が帯方郡《たいほうぐん》に使者を出し、金印をもらった年とぴたりと重なる。してみるとその時、卑弥呼が魏《ぎ》国より下賜《かし》された銅鏡なのか？　という連想が当然起きるのだが、とにもかくにもこの界隈《かいわい》は、古代が喧《かまびす》しいほど埋まっているのだ。

加茂岩倉遺跡の発見は一九九六年である。大量の銅鐸《どうたく》が現われている。

三九個。そう言われても、それがどれほどの意味なのかよく理解できないかもしれないが、これまた一つの遺跡から見つかった個数として最大である。

空前絶後の遺跡が二つ。出雲の面目躍如《めんもくやくじょ》だ。推《お》し量《はか》るに、かつては列島を牛耳《ぎゅうじ》ろうかというくらいの凄《すご》みある国だったのではないだろうか。

しかし、出雲はあっという間に歴史から消されている。状況は異常だ。やはり望月の疑問はそこに行き着く。

駐車場でタクシーを降ろされた。これ以上車は入れないので、あとは歩いてくれというのである。聞けば五〇〇メートル近い。治りかけの脚にとってはかなりまずい距離だ。望月はパナマ帽をかぶり直し、前方を見やった。太く息をつく。鞄のローラーの調子もよくない。今日はとりわけキイキイと音がして時々妙な方向に転がって手こずらせる。にもかかわらず何の因果か、この遺跡はタクシーを拒《こば》み、望月に五〇〇メートルの歩行を強《し》いるのだ。

観光客に対する気遣いのなさはどうだろう。歴史巡りは年寄りの趣味である。ならば、それを見越して、いたわりをもった造りにして欲しいものだ。

突然鳴った携帯電話にどきりとした。

携帯を見下ろすとモレだった。出雲空港からである。意外と早い到着で、まだ昼をちょっと回ったあたりだ。

望月は、モレをここに誘った。加茂岩倉遺跡で合流し、その足で次の目的地に行く手順に決めた。

ここまでの所要時間はおそらく四、五〇分。それまでぶらぶらと時間を潰《つぶ》すことにした。

本物の遺跡はつつましいものだった。つつましくも、しかし意味は大きい。時間もたっぷりあることだしその辺に座って瞑想し、もっと感じ入ろうという考えは甘かった。とにかく暑いのだ。無風の亜熱帯である。汗が滝のように流れ落ちてくる。

資料館に飛び込んだ。冷房にほっと一息をつき、まずは冷えた飲み物だと思った。ところが何も置いてないという。

駐車場からの距離といい、素《そ》っ気《け》ないサービスといい、わざわざ観光客を拒んでいるとしか思えないコンセプトである。

まあこうなれば冷房だけでもありがたい、とまた頭を切り替えてテーブルに座った。使い古したノートを出す。実物に接した感触が消え去らないうちに、あれこれと書き付けてしまわなければならない。

夢中になってノートに向かっていた望月は、ふと手を止めた。気づいたのは荒神谷遺跡との共通点だ。

双方とも埋納場所が南斜面なのだ。

──太陽に晒《さら》しているのは……。宗教に基づいている……──

太陽は女神、天照大御神《あまてらすおおみかみ》につながる。となると埋納品はアマテラスに捧げられているのだろうか？

──アマテラス勢力を受け入れた……。出雲はアマテラス勢力に降伏したのか？──

望月は何か重大なものに一歩近づいた感触があった。埋納面の方角は意外に鍵かもしれない。いずれこの推理にも目鼻がつくはずで、ここをしっかりメモっておくことにした。

それともうひとつの共通点は謎の×印だ。

荒神谷遺跡の銅剣には×印が茎《なかご》（根元の部分）に付けられている。×印は硬いタガネで人為的に刻んだものだ。三五八本のうち三四四本に見られる。

そして同じ×印が加茂岩倉遺跡の銅鐸にもある。こちらのほうは三九個のうちの一四個だ。四キロ離れた、二つの遺跡の×印の謎。重い意味が込められている。

考えずにはいられないのだが、怪しげな蠢動《しゅんどう》を覚えるだけで、答えは何一つ見つからなかった。

ひとしきりノートを書き終えてから目を転じた。展示物が目に留まった。銅鐸のレプリカである。

しみじみと眺めた。望月はテーブルに肘をつき、奇妙な銅鐸の生い立ちを思った。

チャイナにも似たようなものがある。あちらの呼び方は「銅鈴《どうれい》」だが、形はありふれたものだ。朝鮮半島からも出土している。しかしこれものっぺりしていて、味も素っ気もない。チャイナ製も半島製も、音が鳴るだけの実用本位の代物《しろもの》と見ていい。

それに引き換え倭国版の方が一枚上だ。図柄、形状、どれをとっても際立《きわだ》っていて、気どった形はオリジナルである。

使用の目的はむろん鳴らすことだ。ベルのように紐《ひも》で吊るし、内側にぶら下がっている舌《ぜつ》を揺らす。すると周囲の胴体にぶつかってカンカンと透明な音が響きわたる。胴体内側の舌が当たる部分が磨《す》り減っていることから、操作法は簡単に推察できるのだが、銅鐸は

加茂岩倉遺跡の銅鐸。この×印（左写真）は荒神谷遺跡の銅剣にも見られる／日本製の銅鐸は図柄や形状が際立っている（写真は流水紋）。

徐々に実用性から離れてゆく。

最終的な到達点は、吊るさずに「置いて見る銅鐸」だ。むろんこれも憶測の域は出ないのだが、そう思わせる理由はそのデザインだ。

鳴り物に馴染《なじ》まない姿なのである。

たとえば上部の摘《つま》みが薄くなって吊るすには適さないとか、必要のないお飾りの鰭《ひれ》が出現しているとかいった按配《あんばい》だ。それにまったく内部が磨り減っていないやつも数多く見つかっている。

イメージ的にはこうだ。

銅鐸の出現は、ＢＣ三世紀頃である。最初は比較的小さく、村長の家の軒下《のきした》などに吊るして、召集、緊急事態などの連絡に用いていた。一世紀を境にし、階級化が進んだのだろう、銅鐸は権威、権力の象徴に成り上がる。大型化はその表われだ。

二世紀には量産され、銅鐸は権威そのものになる。そう考えると、加茂岩倉遺跡には権威が三九個も埋められていたことになる。

そして三世紀、製造がぱたりと止《や》む。突然死のような終わり方は奇妙だが、加茂岩倉遺跡に埋められたのも時期はその三世紀だという。何かを決意し熱い気持ちで権威を埋めたのか、それとも寒い気持ちで始末したのか。いずれにしても重苦しく切羽詰まった出来事だったに違いない。

卑弥呼が現われ、銅鐸が消えているのだ。やはり卑弥呼につらなる勢力が銅鐸勢力、すなわち出雲を征服したのだ。しかし歴史は今のところシラを切ったままだ。

額に手を当て、さかんに考えている最中にドアが開いた。つかつかと入ってきたのはモレである。

「先生」

田舎《いなか》で目にするモレは一回り大きかった。ただ寝不足なのか頬がこけて、目元に翳《かげ》がある。チノパンツに白いTシャツとソツなく着こなしているが、望月の嫌いな、どこぞのブランド・バッグを持っている。

まだ三〇代前半、望月から見たら息子のような友人だ。

モレから初めて手紙をもらったのは何年か前のことだ。それからというもの、望月の本が発売されるたびに、手書きの感想文を出版社に送ってよこした几帳面な男である。

内容はきちんとしていた。あまり熱心だったので、一度会ってみることにした。

眉《まゆ》と髭《ひげ》が濃かった。完璧な縄文顔である。上背《うわぜい》もあり、愚昧《ぐまい》に見えるほど骨組みもしっかりしていた。それもそのはずで、本業は格闘技のインストラクターだという。

もてあまし気味の大きな体を折り畳んでの挨拶《あいさつ》は律儀《りちぎ》だった。それからまぶしそうな目で、望月を見たのを覚えている。

「暇さえあれば歴史書ばかり漁《あさ》っているんです。文才がないので、先生のように歴史で身を立てようなどという大それたことは思ってないのですが、好きなジャンルを学んで、いつかその成果を発表できたらと思っています。遠い将来ですが……」

「それは感心なことです。好きなジャンルは？」

「日本の謎の四世紀です。でも、調べれば調べるほど不透明で……」

何かにつけて謙遜《けんそん》する男だったが、不快ではなかった。その後数回、会って分かったのは少々歴史の裏を読みすぎるきらいがあるということだった。劇画ならいいが、浮き足立っている。歴史はもっと地べたに足がついたものだ。しかしまあ、それはそれで奇想天外な話が聞けて面白いかもしれないと、放っておくことにした。

本名は森玲造《もりれいぞう》。望月は縮めてモレと呼んでいる。

モレが太い眉を寄せ、顔色を変えたのは『幕末維新の暗号』で、望月が脅迫を受けたと伝えた時だった。静かな怒りが身を包んだようだった。卑劣だといって身を乗り出し、ボディガードを申し出た。

やんわりと断わる。するとモレは、せめて護身術でもと簡単な構えを望月に教えた。

「僕も捨てたものでもありません。こう見えても若い時は柔道の黒帯です」

「ピストルには通用しませんよ」

首を振りながら、きっぱりと否定した。

「それを言うなら、飛び道具には何だって勝てません」

「ええ、でもチャンスはあります。ピストルを出されたら、地べたに転がるんです。そうやってごろごろと逃げ回るしか方法がありませんが、運がよければ助かります」

「運まかせとは、ずいぶんとたよりない」

「それだって、やらないよりやった方がいいですよ。敵がナイフなら、いつも持ち歩いているあの鞄《かばん》をさっと引き上げ、胸のあたりを隠します。左胸ですよ、心臓のある。それでもかなり違います」

殺しのプロは確実に心臓を狙ってくる。そのナイフの切っ先を鞄で防ぐのだという。しかし鞄の中には大切な商売道具のパソコンが入っている。望月は顔をしかめた。

「パソコンが、おしゃかになるのはいかがなものでしょう」

「命と引き換えなら安いものじゃないですか」

「ありがとう、しかし作家にとって原稿は命より大切です」

そういうわけであの瞬間も、とっさにモレに仕込まれたとおり、鞄で心臓をカバーしたのだ。

功を奏したかどうかは分からなかったが、そんな付け焼き刃の護身術よりおばさん二人の悲鳴の方が数段上だったのは確かだ。


「お疲れ様です」

「疲れちゃいません」

しかめっ面でバッグから目を離した。

「意外と早い到着ですね」

「弟子に仕事を押し付けちゃったんです」

「悪い上司です。さて時間がもったいない、次にむかいましょう」

ステッキをすくって腰を浮かせた。

「えっ、ここはもう見ないんですか？」

「あっ、そう、まだでした」

モレが荷物を預けようとしたが、白髪頭の従業員にロッカーはない、とけんもほろろに断わられた。

「預かっていただけませんでしょうか」

モレが頼んだ。

「盗まれても責任とれませんから」

「盗まれるって、他に誰もいないじゃないですか。ほんの一〇分でいいです」

憮然《ぶぜん》として言った。

「カウンターの中に置いておくだけでけっこうなんです。遺跡を見てすぐ戻ります。一〇分、いや五分……」

「そういうことはやっていません」

ぴしゃりと撥ね返した。年輩の係はテコでも動かないというオーラを放っている。大柄なモレが一歩寄った。

「おたく、閑《ひま》でしょう？　こちらの人の杖、見えない？　脚が……」

「いやいや、もういいです」

嚙み付きそうになるのを望月が割って入った。大男に凄《すご》まれ、相手の顔から血の気が引いている。

「ありがとう。大丈夫ですよ」

言い終わるか終わらないかのうちに望月がさっさと歩き出した。モレも切り替えよく、先生僕が持ちます、と言って望月からためらいなく鞄を奪った。

銅と鉄

「何ですかね、あの親父。意地の悪いやつですね。あれだけ閑なのに」

笑みでモレの言葉を受け流す。たしかにみっともない。だが、そのみっともない男に付き合ってカッカ来るのもみっともない話だよと言い聞かせる。そうですね、とモレの分別は、まんざらでもない。

雰囲気を変えるように空を仰《あお》いだ。雲ひとつなく風はそよとも吹かず、強い陽の光だけがじりじりと野山の草木を蒸《む》していた。

「嵐の前の静けさ……」

独り言を呟《つぶや》いた。

一瞬だが、望月はべったりとまとわりつく草の匂いに子供の頃を思い出した。あの時と同じ匂いである。蝶々網を持って走り回っていた自分が、その辺に見えるようだった。くすぐったいような、それでいて落ち着きなく心を弾ませ、蝶を追ったあの日。

――あれから五〇年か……――

最近は、ちょっとしたきっかけですぐに過去に引き戻される。いや過去がやって来るのだ。

過ぎし日を見る目のピントを、現実に合わせた。

ステッキを突きながらモレに遺跡の解説を施《ほどこ》す。

「ここの銅鐸と同じ鋳型《いがた》で造ったブツが大阪、兵庫、奈良、和歌山、果ては徳島からも出ています」

「ということは、奈良のヤマト勢力が銅鐸を造って配ったんですか？」

「逆の可能性の方が高い。数の上ではこっちが勝っています。つまり出雲から全国に配っていた。言ってみれば、出雲の方が本部でヤマトが支部です。荒神谷でも、銅剣とは別に六個の銅鐸が出土しているのですが、その中の一つは紀元前三世紀頃のものらしい」

「へー、そんな昔ですか」

モレが大袈裟《おおげさ》に驚いた。

「うん、もっと古いという説もある。考古学というのは発掘が進めば進むほど時代が古く遡《さかのぼ》ってゆく学問で、落ち着いたものじゃありません。どんな偉い学者でも安穏《あんのん》としてられませんね」

「やっぱり……」

モレが難しい顔で呟くように言ってから付け加えた。

「日本列島には出雲、ヤマト、北九州と三つの勢力があったと見ているのですが、これは間違いないですよね」

「いつの頃？」

「紀元前後です」

「そうねえ……それ以外にも吉備《きび》と呼ばれた岡山一帯を賄《まかな》っていた一大勢力があったことはありましたが、まあ省略しますか」

「ええ、今は省略してください。で、出雲はヤマトや北九州と競《せ》り合っていた。しかし一番栄えていたのは出雲ですよ」

「……」

「であれば、天皇は出雲にいたという僕の説にも賛成してください」

「いきなり？」

「はい、初代天皇は出雲から、ヤマトに移動した」

「それは暴走のしすぎです」

「違いますか？」

「根拠は何ですか？」

モレは遺跡から目を離し、得意げな顔をよこした。

「先生、ここの玉《たま》の産出量は半端じゃないです。出雲はその玉を最大限に利用して、全国をそれこそ手玉にとったのちに、ヤマトに移った」

「まあ、玉を利用したところまでは同意見ですが、そのあとの話にはうかつに乗れません」

ハンカチで汗を拭った。

モレの言うとおり「玉」は、権威を象徴する当時の貴重な宝石である。そしてたしかに、このあたりは玉の産地だ。五〇箇所以上の玉造り工場跡が認められている。

今でも玉湯《たまゆ》町という名の街があり、その周辺では水晶、碧玉《へきぎょく》、メノウなどの「玉」が採れる。玉造りの痕跡は紀元前一〇〇〇年くらいまで遡れ、出雲産らしき玉は北海道から九州まで、脅威的な広がりを見せている。

しかし、だからと言って倭国統一の礎《いしずえ》が玉というのは、根拠としてはあまりにもひ弱だ。

「やはり決定的な力は、米と鉄剣だと思います」

「なら、望みがあります」

と、モレがにやにやしている。

「出雲は米と砂鉄の産地ですからね」

「そう来ましたか」

これもまた当たっている。気候は温暖で宍道《しんじ》湖周辺には湿地帯が多く、水が引きやすい。米の収穫高はかなりなものだったはずだ。それに砂鉄はこの一帯からまんべんなく採れていた。

「実物の鉄剣はあまり出てないという主張もありますが、青銅と違って鉄は錆《さ》びますからね。つまり酸化して時代と共に消滅することを考えれば、残らないのは当然です。鉄剣はおそらく出土した何十倍、何百倍も存在したはずなんです」

「なかなかなものです」

持ち上げた。モレはどうもと言ってはにかみながら安堵《あんど》の表情を広げたが、それでも製鉄所跡のひとつくらいは欲しいですねと言った。

「うん？　モレは金属について弱いですね」

「ええ、すみません。僕の格闘技は道具を使いませんので……」

と、訳の分からないことを口にして笑った。

遺跡を離れながら基本的な話をした。教科書には石器から青銅器、そして鉄器へと順序正しく発展してきたと書かれている。しかしその流れは限定的だ。オリエント文明に限られているのである。ギリシャ、ローマの場合、それとは流れが異なっていて、青銅器文明はほんのわずかしか覗《のぞ》けない。銅に混ぜる錫《すず》が少なかったせいである。

同様にチャイナも青銅器文明は発達しなかった。いきなり鉄器文明が弾《はじ》けている。錫はあったことはあったのだが、青銅は軟らかく実用性に欠けるというのが理由らしい。

チャイナは鉄の国だ。現存する最古の鉄器はＢＣ一一～八世紀のものである。秦《しん》（ＢＣ二二一年～二〇六年）の統一は文字と鉄の勝利だと言われるくらい、この二つで決着をつけている。文字で軍隊を統率し、鉄製農機具で生産を上げ、鉄の武器を使って周辺のクニグニをなぎ倒す。

鉄が日本列島に渡ってきたのも、かなり古いはずだ。

「個人的には遅くとも紀元前三世紀には来ていたと思っています。あくまでも勘ですが、まあ多少の根拠はありますからね。青銅器がいじれて、鉄をものにできないことはないだろうというのが僕の見立てです」

二人は駐車場に戻りながらしゃべった。キイキイと壊れた鞄のローラーが不快な音を立てている。モレがそれに気づいて手に持った。

「そこで」

望月が続けた。

「製鉄所の跡がほとんど発見されないのは、どうしたわけなのか？　という疑問が湧きます」

「ええ」

「ところが『野《の》たたら』という原始的な製鉄技術があります。これはインドに見られる初期の製鉄法で、これだと焚《た》き火《び》程度の装置で鉄ができます」

「なるほど、それなら痕跡は残らないというわけですね」

得心したように言った。

「稲作をこなすくらい器用な連中に、鉄を扱えない道理はありません」

　そう言って句読点のようにステッキの先で地面をコツンと突いた。

「クニの王が競り勝って、天皇を名乗るまでにはまだかなりの年月を要しますが、それには富、武器、文字の他にもチャイナの後押しが不可欠です。すなわち強国の後ろ楯とクニ造りのノウハウを教えてもらう必要がある。その中にはよりすぐれた武器や防具、そして兵法といったものもあって言い換えればチャイナとの密接な外交関係があって初めて、大王として一歩も二歩も抜きん出られるのです。その点、出雲はどうも劣っているような気がするのは気のせいだろうか？」

「国際性がない？」

「チャイナの匂いがしないのです」

　二人は炎天下を歩いた。汗は出し切ったのか、もう流れてこなかった。そう思うと急に喉《のど》が渇いた。

封印された出雲

　ようやく駐車場に着くと、あらかじめ呼んでおいたタクシーが滑《すべ》り込んできた。

　シートに身を落とし、強張《こわば》った腿の傷をさする。

「今日明日、何が出てくるか楽しみです。天気、もちますかね」

言われて空を見上げたが、台風の兆《きざ》しはなかった。望月は曖昧《あいまい》に答え、帽子を被《かぶ》り直す。

出雲は軽く扱えない。掘り出された最大量の銅剣と銅鐸《どうたく》、玉と砂鉄産地、どれをとっても一代勢力を物語っている。しかし誰かが出雲に重石《おもし》を乗せて、浮かび上がれないようにしたのだ。どうしてもここにこだわる。

封印された出雲。

――なぜなのか？――

封印されなければならなかったからだ。

――だから、なぜだ？――

答えは簡単である。出雲が巨大勢力を誇っており、それを倒した勢力が思い切り封じ込めたのだ。

出雲がゾンビのごとく息を吹き返す。悪夢だ。「山陰」という忌《いま》わしい文言シールもそのためだ。むろんヤマトの仕業《しわざ》だ。

状況はそう語っているのだが、頭の中はばらばらだった。

気が付くと天皇は、いつの間にかヤマトに君臨している。その過程がまったく見えない。

天皇は何者なのか？　噂どおり渡来人そのものなのか？　渡来人だとしたらチャイナ人

なのか半島人なのか？　あるいは倭人と呼ばれる先住移民なのか？

　分かっているのは、根っからの土着縄文人ではないということだ。現存する肖像を見るかぎり、歴代天皇はいずれも一重まぶたのあっさりした顔だ。毛深く、二重まぶたという濃い顔立ちとは対極にある造りである。考古学的にも文献的にも、天皇は非縄文系のサインを数多く発散しており、それは万人が認めている。

　しかしそれ以上のことは漠《ばく》として分からない。だがあせることはない。旅は今始まったばかりなのだ。こうして地道に回って歩けば、必ず天皇にヒットするはずである。これまでもそうだったし、これからもそうに違いない。

　ずっと難しい顔をしていたのだろう、モレの気を配った猫撫《ねこな》で声が聞こえた。

「先生、あそこに自動販売機が」

　道路わきにタクシーを寄せ、ようやくミネラル水を手に入れた。これで生き返った。

「さっきの三つの勢力の話の続き、いいですか？」

　モレがペットボトルの蓋を回しながら遠慮がちに言った。

「出雲、ヤマト、北九州はそれぞれ対立と和睦《わぼく》を繰り返しながら共存していた。その期間はかなり長かったと思います。そしてついにその均衡が破れる日が訪れた。巧みに大きくなったヤマトが全国制覇に動くんです。そこで対抗するために、出雲と北九州とが手を組んでいたんじゃないでしょうか」

「ヤマト対出雲、北九州連合ですね」

「理由は『日本書紀』、崇神《すじん》天皇六〇年の条の記述です」

モレがストレートを投げてきた。目の付け所はいい。そこに書いてある内容はざっとこうだ。

ヤマトの使いが出雲に走る。崇神天皇が、出雲の神宝を是非とも見たいというのだ。しかし出雲の王、出雲振根《ふるね》は出払っていて不在。どこに行っているのかというと筑紫《ちくし》（北九州）だ。

モレの指摘どおり、出雲と北九州のつながりが『日本書紀』に見てとれる。

荒神谷では、銅剣ばかりではなく矛も発見されている。数量は一六本と地味で目立たないが、むしろ九州との関係ではこちらの方が重要だ。矛の形状から北九州製だ、ということが分かっているのだ。

出雲と北九州のただならぬ関係は『日本書紀』だけではなく、考古学的にもこうして証明されているのだが、しかしそれが即、軍事同盟につながるかどうかまでは分からない。

望月は先をしゃべった。

「その話には、気になる続きがあります」

出雲の留守をあずかっていたのは出雲の王の弟だ。王は今述べたように、北九州に出払っている。しかしなぜか弟は、兄の留守中に大切な出雲の神宝をあっさりとヤマトに引き渡すのである。北九州から戻った兄貴は弟の裏切りに怒って、弟を抹殺する。これを伝え聞いたヤマトは兄を捕らえて処刑するのだが、すなわちこの事件がきっかけでヤマトが出雲を支配したというのである。

「あっ、分かった」

モレは、膝の上のブランド・バッグをぱんと叩いて声を上げた。

「先生、それですよ」

察した望月も目を合わせて頷《うなず》く。気づいたのは、『日本書紀』が述べている出雲の神宝だ。埋められていた荒神谷の銅剣、加茂岩倉の銅鐸が、その神宝ではなかったのか、という点である。

古代の神宝といえば言うまでもなく銅剣、銅鐸、銅矛、銅鏡、そして玉の五品だ。そのうちの三品が、出雲の二箇所に分散して埋納されているのだ。

モレが意気込んで解説した。

「危機的状況を脱出するために、兄は北九州に出かけて作戦を練っていたんですよね。しかし弟は密かにヤマトと通じていた。おそらく出雲の王にしてやるとかなんとか甘い言葉に丸め込まれ、それで神宝、つまり銅剣や銅鐸を渡してしまったんです」

「しかし、そのストーリーだと辻褄《つじつま》が合わないのじゃないのかな？　神宝を渡した先がヤマトなら、どうして出雲から出土したのでしょう」

「それは……渡したと書いていますが……」

モレは考えながら応じた。

「本当は破棄させたというのはどうでしょう。銅鐸や銅剣はもはや流行遅れで、ヤマトがもらっても仕方がないガラクタです。だから現地で破棄してくれというわけです」

「廃棄物処理ですか……」

と考える余韻を残しつつも、モレの主張は真実を含んでいそうな気がしていた。

ようするに、北九州と出雲が連合してヤマトと対峙した。その結果ヤマトに敗れ、出雲は丸ごと封印された。大雑把に言えばそうなる。

望月は残りの水を呑み干し、タクシーの中から外を見た。ゆっくりと風景が流れてゆく。運転が慎重なのだろう、景色を眺めるにはちょうどいい速度だった。深い緑が目にやさしく、穏やかな風景である。

「先生」

モレの声に、風景が中断された。

「書物が一番最初にできたのは、いつ頃でしょうね?」

「うーん、一筋縄ではいきませんが、今のところ蘇我馬子《そがのうまこ》と聖徳太子《しょうとくたいし》が作った歴史書『国記』『天皇記』でしょうか」

その二冊は乙巳《いっし》の変(六四五年)で焼けてしまったと付け加えた。

「『国記』『天皇記』以前にも、文字はあったはずですよね」

と当たり前のことをしゃべった。

埼玉県の稲荷山《いなりやま》古墳には文字が彫られた鉄剣が寝かせてあり、隅田八幡《すだはちまん》神社の鏡にも文字が書かれてあって、文字は五世紀頃の関東で見られる。

しかし、それはあくまで文字であって、文章と呼べるものではない。だから歴史書の編《へん》纂《さん》まで、使いこなしていたかどうかは疑問だとモレが主張した。

七世紀に書かれたチャイナの『隋書《ずいしょ》』（巻八一、列伝四六）にはこう書かれている。

〈倭国は文字がなく、ただ木を刻んで縄を結ぶだけである。……百済に仏経を習い、初めて文字が伝わった〉

木を刻んで縄を結び、文字代わりにしていたというのである。メキシコのマヤ文明かインカ帝国にたしか似たような文字があったはずだから、まんざらでたらめでもなさそうだ。

「神代文字とか古代文字はどう思います？」

「どうだろう。木を刻んで縄を結んだ文字が神代文字かもしれません。しかし竹内《たけうち》古文書とかホツマツタヱは、サンプルが少ないので真贋《しんがん》判定は微妙というか、学者は相手にしていませんね」

「僕は本物だということを前提として、いろいろ調べているんです」

「期待していますよ」

モレは白い歯を見せて快《こころよ》く承諾した。

さて『隋書』を信用すれば、漢字は仏経と一緒に入ってきたことになる。歴史家もその線でほぼ一致しており、その年が五四〇年頃だとされている。

しかしこの説には全然、力がない。

まず五七年、後漢の光武帝《こうぶてい》より「金印」を授かったあたりで、もし仮に知らなくとも上層階級は文字の生臭い威光に気づくはずである。いや、後漢の使者が文字について説明するはずだ。たいへんなすごいものだと。で、必死に取り入れようとするのが心理ではないだろうか。しかも漢字の本場からチャイナ人も、かなりの頭数が往来しているのだ。にもかかわらず金印を手にしてから五〇〇年近く漢字を知らなかったなどというのは、不自然きわまりない。

「外国のものに目がなく」

望月がしゃべった。

「しかもコピーテクニックは天下一品で本家をあっさり凌駕《りょうが》する倭人が、待ってましたとばかりに漢字を真似《まね》ない方がおかしいとは思いませんか?」

「でも、土器とか青銅器には何も書かれてませんよ」

望月が余裕の笑みを見せる。

「支配者の独占物だったとしたらどうです？　もし、まつろわぬ他の勢力に漢字が伝われば、厄介なことになります。そうなれば軍の強化をやらかし、独自のチャイナ外交を築きかねません」

「なるほど……つまり漢字はあったが、大王が牛耳っていて門外不出だった。漏らした者は打ち首……だからどこにも書かれなかった」

モレが納得した顔をした。

「ところがですよ」

望月が言った。

「どうしてもヤマト統一の過程で、文字を周囲に知らしめる必要にせまられます。天皇家や有力氏族の権威付けのためです。それのための『国記』や『天皇記』です。おそらくこの書には、蘇我氏と聖徳太子の正統性がとうとうと述べられていたはずです。そして代が替わる。次の権力者はそれを否定するために『記紀』を編纂《へんさん》した」

『記紀』というのは『古事記』と『日本書紀』の略である。

「『記紀』は、自分が最高権力者である証《あかし》として作った？」

「そうです。書物は最高権力者しか編纂は許されなかったということです」

「なるほど『記紀』を作った理由は分かりました。が、いまひとつぴんとこないのは、なぜ権力者はそれほどまでに自分の系図にこだわったかということです」

モレは、怪訝《けげん》そうな表情を浮かべている。呑み込めないらしい。

「今の国会を見れば分かるはずです。二世議員、三世議員が圧倒的に多い。すなわち国会議員になるべく由緒《ゆいしょ》正しい血を引いているから周りが擁立《ようりつ》する。上に立とうとするなら『由緒』の正しさがものをいいます。IT時代の現代でさえ、このありさまなのです。まして昔は血統というやつが絶対的な力を持っていました」

天皇は神の子として、神代《かみよ》から続いていることをアピールする。そうでなければ周辺のクニグニがおさまらない。説得力は口頭より、漢字だ。漢字を現代のように言葉の表記と見ると古代を誤る。あの仰ぎ見るチャイナ皇帝と一体のツールで、破壊的な魔力を秘めているのだ。放つ威光が違う。『記紀』なのだ。人々は『記紀』にひれ伏す。

奇妙に違う二つの史書

「でも、先生」

モレが訊いた。

「『古事記』『日本書紀』、この二つの書の置かれている立場は奇妙ですよね」

「……」

「同じ時期に、日本の歴史本が二つも存在してるんですよ」

言うとおりである。『古事記』の編纂は天武《てんむ》天皇の命だ。太安万侶《おおのやすまろ》を通して稗田阿禮《ひえだのあれ》に作らせ、元明《げんめい》天皇に渡している。

一方『日本書紀』にはそういう説明書きがないため、誰が命じたものかは不明だが編纂者は舎人親王《とねりしんのう》となっている。舎人親王は天皇の立派な秘書であるから、これまた朝廷での正式な公文書だ。すなわち同じ天皇がほぼ同時期に、二つの歴史書を作らせているのだ。

言うとおり奇怪な話である。

「妙なのは」

今度は、望月が応じた。

「同じ神話でも、二冊の本のストーリーが違うということです。全然違う筋の神話もあるし、微妙に変えているものもあります。それだけならまだ許せますが、神の譜系《ふけい》や名前が全然違っているというのが、どうにも解《げ》せません」

たとえばオオクニヌシ（大国主）だ。オオクニヌシは、『古事記』ではスサノオの六代下《くだ》った孫だが、『日本書紀』ではスサノオの息子として登場する。

「いったいどっちなのか？」

さらに言えばオオクニヌシの別名である。『古事記』では大穴牟遅神《おおなむちのかみ》、葦原色許男神《あしはらのしこおのかみ》、八千矛神《やちほこのかみ》、宇都志国玉神《うつしくにたまのかみ》と四つもある。これはまいったと思っていると、『日本書紀』では何をどう血迷ったか、同じオオクニヌシがさらにまた別の名前になっている。大物主《おおものぬし》神、国作《くにづくり》大己貴命《おおなむち》、葦原醜男《あしはらしこお》、八千矛神《やちほこ》、大国魂大神《おおくにたま》、顕国玉神《うつしくにたま》の六つ。

「そうなんですよ。勘定したんですがオオクニヌシらしき名前は一〇もあります。混乱するばかりで、いったいどうしてこんなに複雑にしたんですかね。よく分かんない話です」

モレが露骨に顔をしかめた。

「何ごとにも」

望月が言った。

「理由があります。そうせざるをえなかった……」

「といいますと」

「この二冊は、今話したように政権基盤を磐石《ばんじゃく》にするための道具です」

「ええ」

「そこで神話を利用する。いわゆる天孫降臨《てんそんこうりん》の部分です。神が地上に舞い降りて、天皇となったという物語で神と天皇をつなげてしまわなければなりません」

「ええ、それは分かりますが……」

「だからこそ『記紀』は別々の神々を取りあげなければならなかった」

「……」

「まだ気が付きませんか？　おっと、もう到着です」

タクシーが目的地に止まった。

「続きは神社を見ながら……」

スサノオを祀《まつ》る須佐《すさ》神社である。

木洩《こも》れ陽《び》が、歩く足下で揺れている。ずいぶん寂しい所だった。モレはふと立ち止まった。耳をすます顔になっている。

「何でしょう、風ですか？」

そう言われて立ち止まると、たしかに遠くでごうごうという音が聞こえていた。風のようだった。台風か？　望月は空を見上げた。パナマ帽子の鍔《つば》が上がった。ぞっとした。いつの間にか天を威圧感のある真っ白な雲が覆い始めていた。

不気味だった。スサノオが、この旅行を拒んでいるのか？

2　スサノオ

境内《けいだい》に入った。人影はなく、妙な静まりを見せている。あっという間に一帯が暗くなった。まだ二時四〇分だ。嫌な雰囲気を払い除《の》けるように、神社に目を向けた。

『出雲国風土記《いずものくにふどき》』は七一三年の作だが、そこには出雲にある神社は三九九社だと書かれている。

古代出雲の人口は、六万人から多く見積もっても一〇万人といったところだ。人口から推し量ると三九九社というのは、ただごとではない。

「神社数が多いということは信者さんが、それだけいたってことですかね」

モレがまっすぐ訊《き》いてきた。

「神社はキリスト教とは、かなり違います」

教会を例に望月が答えた。

「教会は、信者の多い少ないに応じて数がほぼ決まってきます。信者の寄付で賄っているから、自然と数が落ち着く。ところが神社はそうではありません。氏子《うじこ》の頭数とは、あまり関係がないと思います」

「へー、そうなんですか。でも、無原則にあちこち建てたわけじゃないですよね」

「むろん、違います。建築コストもかかるし、できたらできたで今度は経費も馬鹿になりません。では誰が負担し、何のために出雲に四〇〇近い神社が出現したのか？　ここで一つ神社というものをじっくりと考えてみたいと思います」

現代、全国の神社の数は一〇万社ほどだ。多くの家には神棚が設置され、神前結婚も衰えず、日本には神道《しんとう》儀式が深く根付いている。

しかしその中身について知っている人は少ない。神社とは何か？　神道とは何か？　資金的な流れはどうなっているのか？　いやそれどころか寺との違いも分からず、神道をシンミチと読んでけろりとしている若者もいる。温泉旅行のついでに近所の神社を巡っては、Vサインで写真におさまり帰ってくるだけの無頓着《むとんちゃく》さなのだ。

「そう言われると、僕も自信がありません。なんとなく鈴を鳴らして、柏手《かしわで》を打ってますけど……」

神社から手をつけなければ古代史は始まらない。古代天皇にも近づけない。少々退屈かもしれないが辛抱して欲しいと断わってから、望月が話し始めた。

「さて、そもそも神道の『神』というのは……」

神という概念は古くからある。得体の知れないもの、人間がコントロールできないパワーあるものをただ「カミ」と呼んでいた。それらが「カミ」であり「上」であり「神」であった。

台風、雷、風、海山、石、川、木、蛇、熊……益《えき》をくれるもの。そしてあべこべに害を与えるもの、つまり人の力ではどうにもならないものなら何でもカミになりうる。こうした自然信仰が、数万年もの間、定着していたのだ。

万物に得体の知れない生命、霊魂が宿っている。だから拝《おが》む。そして祀《まつ》る。カミを祀ればご利益《りやく》があり、粗末に扱えば不利益をこうむる。

「祀る」ということは、カミの喜ぶことをするということだ。どうすればカミは不満を抱かず喜んでくれるのか？

「すぐに思いつくのは汝欲《なんじほっ》するものを与えよ、ということです。何が楽しいか、自分に置き換えてみてください」

望月が足を止めて訊いた。

「ご馳走ですかね。それと」

無邪気に応じる。

「ビールに、歌とかエンターテイメント。それにあとは旅行かな」

「神様も同じです」

人間だって上座《かみざ》につかせると機嫌がよくなる。だから神棚は常に上座にある。そこに食べ物や酒を納め、歌や踊りを見せる。歌や踊りは「お神楽《かぐら》」と呼ばれるものだが、文字どおり「神が楽しむ」と書く。

「神輿《みこし》」や「山車《だし》」は神を乗せるものだ。あちこちを見せて旅をさせる。これは『祭り』で、『祭り』は『祀り』なのだと説明した。

宗教の始まりは、どこの世界でも自然崇拝の原始宗教だ。

キリストが出現し、愛と許しを説いて回った時代から約二三〇年もの後、ローマ帝国では法学者を登用して、全ローマ人に公民権を与えている。むろん不完全だが、まがりなりにも神の下に人間、この場はローマ人だけだが、みな平等であるというキリストの教えに近づこうとしたのである。

その頃の日本は卑弥呼《ひみこ》の時代だ。骨を焼いて占い、奴隷を船に乗せ、無事着かなければ生贄《いけにえ》として殺している。これはチャイナの『魏志倭人伝《ぎしわじんでん》』に記されている風景だが、これが本当だとすると、人権どころかまだまだ原始宗教から脱していない。

当時は神はいたが、神社という建物はなかった。自然そのままの山、石、大木が祈る相手だ。それでは漠然としすぎているということで、シメ縄を張ったのである。シメ縄の内側がカミの領域というわけだ。

「シメ縄ですか……そういえば、相撲《すもう》の横綱もシメ縄をつけますよね」

格闘技の指導員らしい連想である。

「横綱はシメ縄のことです」

「えっ……あっそうか」

「横綱は、邪気を払ってくれる生き神様。そこで生身の人間にシメ縄を張ってしまったということになります」

「それでですね、横綱に赤ちゃんを抱いてもらったり、シメ縄の下というか股の下をくぐると子供が丈夫になるという話になるのは」

「そう、でもやはり失敗じゃないでしょうか？　問題を起こす神様が多いみたいだから」

「どだい無理な話ですよ。人間は神様じゃないんですもん」

望月は話を進めた。

「シメ縄と鳥居。たったこれだけの神社スタイルは相当長い間続いています」

自然信仰である。拝む山をカンナビと呼んでいる。後に神奈備などと表記されるようになるのだが、カミとナビが合体した倭言葉だという説がある。

カミは分かる。しかしナビが不明だ。ナビはヘビ、蛇体を表わしているという人もいる。山には蛇がたくさんおり、カンナビは神蛇のことだというのだが、どうもピンとこない。

神奈備山は三輪山以外にも、長野の諏訪《すわ》大社の守屋《もりや》山と御射《みさ》山、それに出雲にも存在する。

重さ六〇トン、日本最大の木造鳥居を持つ海上の神社、広島の厳島《いつくしま》神社もかつては社殿がなく、宮島《みやじま》というご神体だけだったと望月はステッキを地面にとんと突き、両手を柄《つか》頭《がしら》に乗せた。

「さてシメ縄と鳥居だけの古代神社に、建物が出現したのは三世紀あたりです」

根拠は、「祭神」の出現である。

それまでは雷、台風、石、木、山、蛇、熊、天地万物を敬っていたのだが、いつの間にかオオクニヌシだとかスサノオだとかが潜り込んで来たのだ。

「すなわち」

望月は帽子を被り直してから続けた。

「建物ができたのは、その時だと睨《にら》んでいます」

祭神の登場は三世紀あたり、クニの王が「我こそは王だ」と勝ち名乗りを上げ、周囲に喧伝する必要性があって、それが社殿建設の動機ではないかと見ている。社殿はいわば広告塔だ。

これは反乱を防ぐための妙手《みょうしゅ》だ。征服した地元の神話をそっくりいただき、その主人公を自分の祖先にしてしまう。それによって、抵抗勢力は刃《やいば》を向けられなくなるのだ。

「我輩《わがはい》こそ古《いにしえ》より地元で敬われている神の子孫である、という先祖詐称《さしょう》ですね」

「分かってきましたね。詐欺師たちの舞台装置です」

と、たとえ話をした。

あるクニでは、山と蛇が合体したヤマジャヒコという神が定着していた。そこで王の候補者が、今まで黙っていたが、実は畏《おそ》れ多くもその子孫は自分だと名乗るのである。ヤマジャヒコを勝手に盗んでしまうくらいだから相当な悪智恵の働く人物で、金を握らされたシャーマンもいる。シャーマンは、ヤマジャヒコの霊が取り憑《つ》いて「西の方角に自分の子孫がいる。その男を王にしなければ、村の子供がみんな死ぬ〜。祟《たた》りじゃ」とか何とか奇声を発すればいいのである。

もちろん簡単に事は運ばない。他の候補者がやかましく異議を唱える。

「いいや、ワシこそヤマジャヒコの子孫だ」

と顔色も変えずにインチキ家系図を振り回す。また別の男は、いやこの地のカミは昔からヤマジャヒコではない、じいさんの話ではウミオボレノヒメで、それはうちの先祖だ。

ばかばかしい話だが、神の争奪戦である。神をものにした方が勝つ。政治というものは強圧的に武力を振り回すだけではだめで、時には宥《なだ》め賺《すか》して人の心をつかまなければならないのだ。常に気を配って、自分は他人と違って特別であると思わせる。周囲から支持が転がり込んでくるようにする心がけがあれば、ベストだ。

「神」と重ねられた「王」

科学が発達している現代人でさえ、血統は物を言う。皇族の血筋なら名の通ったNPOの名誉理事長でさえ無条件だ。血が秘める魔力である。まして時は古代だ。差別、階級社会が厳格にはびこり、神とつながる正しき生まれにどれほどの威力があるのかは想像を絶する。

クニの王にとって、神を織り込んだ自分の血脈づくりは欠くべからざる作業だった。こうして山、石、木や動物などの自然神に加え、怪しげな神が続々と登場したのである。すべては支配者の都合だった。

単純で短い神話は、大衆の中から生まれる。しかし『古事記』や『日本書紀』に書かれている複雑きわまりないストーリーは、庶民の仕事ではない。まして舌を嚙みそうな名前など、自然に生まれるわけもなく、クニの王が自分と縁起のいい言葉をこじつけ、長ったらしい名をデッチ上げたに違いない。望月はそう睨んでいる。

いい加減なものを信じさせるには何よりも儀式が必要だ。招集号令をかけ、雛壇《ひなだん》に座らせ、神と王の由緒正しき結びつきを厳《おごそ》かに宣言し、古式床しい音楽と舞で装丁《そうてい》するのだ。

儀式というのは厳格であればあるほど、有無を言わさない力がある。

「これは幸《さいわ》いなことかもしれません。殺し合いになる前に演出である程度、決着がつきます。ごまかしの平和と真正直な戦いのどちらがいいかというと、案外うまく丸め込まれた平和の方がいいかもしれません」

「では先生」

望月がちょっとばかり歩みを止めた。

「権力者が神々をかき集め、都合よくストーリーを練《ね》った？」

「全部が全部とは言いませんが、おおむねそうです。『記紀』のストーリーは全体的に釣り合いが取れています。ただ単に地方の民話神話を拾って並べただけでは、ああうまくはいきません」

神と王を重ねる。神を敬うことは王を敬うことになる。ダブらせるだけでいい。たちは悪いが、民を従わせるためにはこれほど手っ取り早い方法はない。

しかし中には疑《うたぐ》り深い民もいるわけで、シメ縄と鳥居だけではどうにも軽い。軽いというのはもっともらしく見えないということで、詐欺師が詐欺師に見えては困るのである。

そこで凝《こ》った社殿を造って王の祖先＝神を祀った。きらびやかであればあるほど、もっともらしい。

社殿の建設は王の音頭だ。建設費を考えてみれば、おおむねこの説を支持できるはずである。つまり誰が支払ったのか？

庶民にはとても手が出ない。もっと考えれば当時の家屋は、茅葺《かやぶ》きの掘っ立て小屋で、見栄《みば》えのいい神社を建てようにも、高度な技術を持った職人など田舎に転がっているわけはない。どうしてもチャイナの建築技術者が必要になってくる。すなわち王クラスが動かなければ、神社など建たないのである。

　王の都合。ここに信者の数とは関係なく多数の神社が建てられた理由がある。人里離れた僻地《へきち》だろうが、山の中だろうが必要とあらば、あちこちと建てまくったのである。

　年々、社殿は豪華になってゆく。そして、それまでの神社が納屋《なや》に見えるほど荘厳《そうごん》華麗になったのは仏教寺院の影響だ。

「となると」

　モレが訊いた。

「仏教の伝来は六世紀の中頃だから、本格的な神社はそれ以降ということになりますよね」

　望月は、須佐神社をじっくり見上げながら頷く。

「この神社も、仏教寺院の影響をかなり受けています」

　威厳ある古い建物である。

　神社の出発はどうあれ、長い間人々が手を合わせてきたということは放射された大量の念を受けてきたことになる。吹き込まれた人々の祈りが霊力となって、望月はそのパワーに一瞬たじろぐ。

須佐神社は荒ぶる神、スサノオが祭神だ。この名前は日本人なら誰でも一度は耳にしたことがあるはずで頭が八つの怪獣、八岐大蛇《やまたのおろち》と派手にやりあった武闘派として名高い。

しかしこのスサノオ、実に怪しい。他の神と天にいたり、あるいは地上で暮らしていて、スサノオだけは天と地を行ったり来たりとかなり動きの目立つ役を演じている。

その部分の『記紀』を要約するとだいたいこうだ。

乱暴狼藉《ろうぜき》が過ぎて、神の国を追放になる。

降り立ったのは地上だが、『日本書紀』にはそこは新羅《しらぎ》だったと書いてある。新羅というのは朝鮮半島の東南に位置する国で、それから出雲にやって来る。

「先生、スサノオはなぜ、わざわざ新羅経由で出雲に来たんですかね？」

モレが口を挟んだ。これこそ重要なポイントなのだが、口調にはいかにも自分は答えを知っている、という得意げな色が含まれている。先生はどうお考えかと、視線も少々挑戦的だった。

こういう訊かれ方に、望月はいつだってかちんとくる。仮にも自分は歴史作家のはしくれ、アマチュアがいったい誰に物申しているのだ？

「新羅から出雲」

望月がしゃべった。

「『日本書紀』にわざわざそう書いたからにはスサノオは新羅から来た渡来人で、実在するモデルがいると思っているのでしょう」

ちょっとは出鼻を挫《くじ》かれたという顔をした。

「問題は『日本書紀』が、どれだけアテになるかということです……」

と望月は取り繕った顔で話す。

『記紀』の内容はまるっきりの想像ではなく、原始的リアリティが混じっている。これは望月だけではなく多くの学者が指摘していることだ。理由の一つは中身だ。使用している言葉が『記紀』の編纂時代、つまり七、八世紀より、そうとう遡《さかのぼ》った表音表記を使っているのである。

それがどうしたと思うかもしれないが、しかしこれは決め手になる。

たとえば現代のフィクション作家が、著書のある部分に江戸時代の古い言葉を使っていたとしよう。いったい現代作家が江戸時代の文体で書くのは、どういう場合なのか？

昔に書かれたものをそのまま写す。あるいは古くから伝わっている口伝《くでん》をそっくりそのまま載せる。おそらくこの二つのどちらかだ。

その伝でいくと『記紀』も、昔からの話をそっくり盛り込んだ部分がけっこうあるということだ。そしてそれは、限りなく真実に近いのではなかったか。

むろん『記紀』を鵜《う》呑《の》みにするのは愚の骨頂だが、まったくのでたらめとして斬って棄てるのも想像力がなさすぎ、玉石混淆《ぎょくせきこんこう》の仕切りはある程度可能だと思っている。

「で、スサノオの出現は、あまりにも奇怪です」

と言ってモレを見上げると、その背後が目に入った。一気に嫌な雰囲気が寄せてきた。さっきの白雲はいつの間にか真っ黒な雲に変わっていて、あたりがぐんと暗くなっている。急激な変化だ。読み取れない天気を背筋に悪寒《おかん》が走る思いで見つめていると、なんだかもう夕方みたいですね、とモレも周囲を見渡した。

「嫌な空模様です」

遠くで雷鳴が唸《うな》った。

引き返そうかと思っていると、せっかくだから、もう少し粘りませんか？　とモレの催促が聞こえた。

目で同意し、続きに専念した。

「スサノオは新羅から来たと書いてあるのは嘘偽りのない事実です」

『日本書紀』は天武天皇が作らせたもので、言ってみれば日本の公文書だ。当時の貴族や上級官僚は『日本書紀』を習う義務を負っており、権威ある書物なのだ。そのまっとうな公文書に、スサノオは新羅から来たと記す重みは計り知れない。

「スサノオはアマテラスの弟です。するとアマテラス自身も新羅系を暗示していることになります。そのアマテラスの子孫が初代天皇になっています」

「神武《じんむ》ですよね」

「はい、これが朝廷の差し出しているサインだとすると、天皇の子孫は新羅系だと読まれることを想定しています。すなわち、そう思われていいのだと」

モレが意見ありげに目を合わせてきた。

「堂々と公言しているわけですよね。やっぱり天皇は新羅か……そして彼はここ出雲にいた」

「いやそれには……」

雷鳴がかなり近づいている。

スサノオのマーキング

あっという間に重量のある塊雲《かいうん》が天を覆《おお》い、下に膨《ふく》らみ始めている。雲は内部から新しい黒雲を吐き出し、みるみる領域を拡大し、今にも須佐神社の千木《ちぎ》に触れそうな勢いだった。

頭上に危険を感じた。雲が割れ、空が滝のように崩れ落ちて来そうだった。

瞬間、大音響と共に衝撃波が揺すった。近くに落雷が突き刺さったのだ。

とっさにモレが、望月の身体を押した。押されるままに走った。モレは覆いかぶさるように望月を庇《かば》いながら走った。こうなると脚の痛みなどどうでもいい。さらに一発くらった。至近距離で、すさまじい稲妻が地表に炸裂《さくれつ》した。キーンという耳鳴りがする。

「先生、大丈夫ですか」

「これじゃ爆撃です」

タクシーは目の前だった。と、今度はいきなり雨が襲ってきた。激しい大粒の雨だった。望月の帽子の鍔《つば》がばさばさと踊った。

かろうじてタクシーに滑り込んだ。心臓が激しく高鳴っている。呼吸の合間に、行き先を告げるのが精一杯だった。

「大変な目に遭《あ》いましたね」

運転手が言ったが、息が苦しくて返事どころではない。肩で息をしながらハンカチを出し、肩口とズボンを叩いた。

「話の」

ようやく息が鎮《しず》まったのは、車が走り始めて五分後だった。

「途中でしたね」

一つ息を入れ、仕切り直した。

「新羅から出雲に来たスサノオですが」

ハンカチをたたみながらしゃべった。

「出雲に着くなり武力を振り回して、むちゃくちゃ暴れています」

古代が得意なモレには、分かっている内容だろうが、念のために整理した。

スサノオはクシナダヒメを怪獣、八岐大蛇から救うべく立ち向かう。だがやり方はあまりフェアではない。酒を使っての騙《だま》し討《う》ちという、けっこう汚い手を使っていて、武士道的には自慢できない。しかしそういう卑怯《ひきょう》な手法でもスサノオは男を下げずに、なぜかあちこちの神社で祀られているのだ。

その時、尾から出た剣が伝説の草薙《くさなぎ》の剣《つるぎ》だ。この剣は天皇の三種の神器の一つとされているが、スサノオは剣には見向きもしないで助け出したクシナダヒメを妻とする。

これは大事なシグナルだ。

すなわちスサノオが新羅からきて、出雲に落ち着き、八岐大蛇と戦う。この場面は何を意味しているのか？　分かるかなと望月が質問した。

「スサノオは、牛頭天王《ごずてんのう》と言われていますよね」

モレはきっぱりとした口調で答えた。

スサノオの本地仏《ほんじぶつ》は牛頭天王だ。本地仏は途中で仏教が導入され、後付けされた仏教名である。

つまり時の権力者が神と仏を合体させたほうが治めやすいと判断して、両方をくっつけてしまったわけだが、ちなみにアマテラスの本地仏は大日如来《だいにちにょらい》と観音菩薩《かんのんぼさつ》、オオクニヌシは大黒天《だいこくてん》である。

神仏合体の話はひとまず脇に除《よ》け、問題は牛頭天王という名前だ。牛の頭など日本人には馴染《なじ》みがない。

答えはやはり新羅にある。新羅に目を向ければ牛頭山があり、そこの神の名前なのである。

「スサノオと八岐大蛇との戦い」

モレが自分の考えをしゃべった。

「つまり渡来した新羅勢力と先住倭人の戦いを象徴的に書いたものだと思っているのですが、どうでしょう」

『古事記』では八岐大蛇をこう表現している。

〈その目は赤いホオズキのようで、一つの胴体に八つの頭、八つの尾がある。身体には苔《こけ》と檜《ひのき》と杉が生《は》えており、その長さは八つの谷、八つの峰にもわたるほどで、その腹はいつも血でただれている〉

「地元の倭人勢力は山や谷いたるところで、龍蛇神の旗を掲げて戦いを挑んだ。それを八岐大蛇に見立てたと思うんですが」

「牛と龍蛇の戦《いくさ》ですね……なかなかいい線だと思います」

「八岐大蛇の尻尾《しっぽ》から草薙の剣が出ますよね」

望月が頷《うなず》く。

「出雲は鉄の産地ですから、土着倭人を叩き斬って彼らの支配していた鉄をいただいた、というストーリーになります」

「製鉄工場もろとも征服したということですね。それでスサノオは鉄の神として崇《あが》められるようになった。ますますもってすばらしい」

望月はよく読み込んでいるとモレを誉《ほ》め、神様の系列を頭に入れておくと神社巡りをしても興味が倍増すると付け加えた。

モレはそんなのは基本中の基本で、当たり前の真ん中だという軽い口調で流した。煽《あお》られた気になった望月は年甲斐《としがい》もなくむきになった。少々大人気ないと思ったが、ではいったい神の系列に、どういう意味があるのだと突っ込んだ。

「神は、ざっくり分けると天津神《あまつかみ》と国津神《くにつかみ》の二系列があって、すべての神はどちらかに所属します。もちろん天皇側が都合よくこしらえたものですけど」

モレがこともなげに答えた。

「津」というのは本来「港」という意味だが、この場合、おそらく「の」と一緒にしていいのではないかと言われている。つまり天津神は「天の神」で、国津神は「国の神」の意味だ。

まあそのあたりの話は後に譲るとして、モレは「天の神」は天皇の祖先だから「国の神」の上に来るよう別格に扱ったのはたしかだと説明した。すなわち、宗教上でも天皇を土着豪族より、きっちり上に置いたのだと言う。

当たっているだけに、望月はちょっとすね気味になった。

「そこで先生、スサノオは、どっちなのか興味が湧《わ》くところでありますね」

望月の不機嫌をよそに、潑剌《はつらつ》とモレが話しかける。

その潑剌さに免じて許してやることにするが、思いもよらずモレが歴史の裏を知っているので、うかつなことは言えない相手だということに気付く。望月は気を引き締めた。

「もともと」

望月がしゃべった。

「高天原《たかまがはら》から降り立ったくらいだから、スサノオは天津神です」

そしてクシナダヒメと結婚する。クシナダヒメの出自は国津神、大山津見神《おおやまつみのかみ》の孫娘なのである。

すなわちスサノオとクシナダヒメの結婚は天津神と国津神の合体を象徴しているのだ。

「新羅人と倭人の合体ですよね。そうなるとますます天皇は新羅系だ、という僕の説に近づきます」

嬉しそうに言った。

「本当にそうでしょうか」

内心闘志を燃やした。

「そこはもう少し慎重にいきたいと思います。というのもスサノオは結婚によって、天津神から国津神へ格下げになっているのです。仮に新羅系が天皇だったら、スサノオに対して処遇が冷たすぎませんか」

揺れるタクシーの中だったが、ポケットから手帳を出した。ページを開くと皇祖神系図が現われた。

「よく見てください」

同じ姉弟でもスサノオは国津神に追いやられ、姉のアマテラスは、天津神のままだ。

モレが眉を寄せ、じっと視線を落としている。

国津神に降格人事のスサノオの自慢点を探せば、子孫に国津神のビッグスター、オオクニヌシをもうけているくらいのものだ。すなわちスサノオは、さんざん暴れたあげく皇族を離脱して、あっけなくゲームオーバーになっている。

「新羅から来たスサノオとアマテラスは姉弟ですよね」

モレが気負い気味にしゃべった。

「その二人が出雲を征服した。ここまではどうですか？」

軽く頷く。

「そしてスサノオは出雲に残った。姉のアマテラスはさっさと近畿のヤマトに移動し、その子孫がヤマトの天皇になったというのが僕の考えなんです」

「ひょっとしてアマテラスは卑弥呼だと？」

「図星です。あっ、疑ってますね。でも根拠はありますよ」

「はいはい、二日間の旅だから、聞く時間はたっぷりあります。天皇の話は追々聞くとして」

とやんわりと遮《さえぎ》って、話をスサノオだけに絞《しぼ》った。

「さんざん暴れまくって、ついに出雲の王に君臨したというところまでは同感です。その後はどうなりましたか？」

「オオクニヌシに出雲を禅譲《ぜんじょう》して、引退せざるをえなかったのだと思います」

ここでふと気がついたことがあった。出雲で活躍している神、スサノオ、オオクニヌシ、クシナダヒメ……出雲系とでもいったらいいのか、それらがみな国津神に区分けされているような気がしたのだ。おおむねそうなっている。これはいったい、どういうことだ？

国引き

タクシーが出雲市駅前に到着した。空は嘘のように晴れていた。取材旅行で、あんなおかしな天気に遭ったのははじめてで、えらい歓迎ぶりである。

皇祖神の系列は二つに分けられる

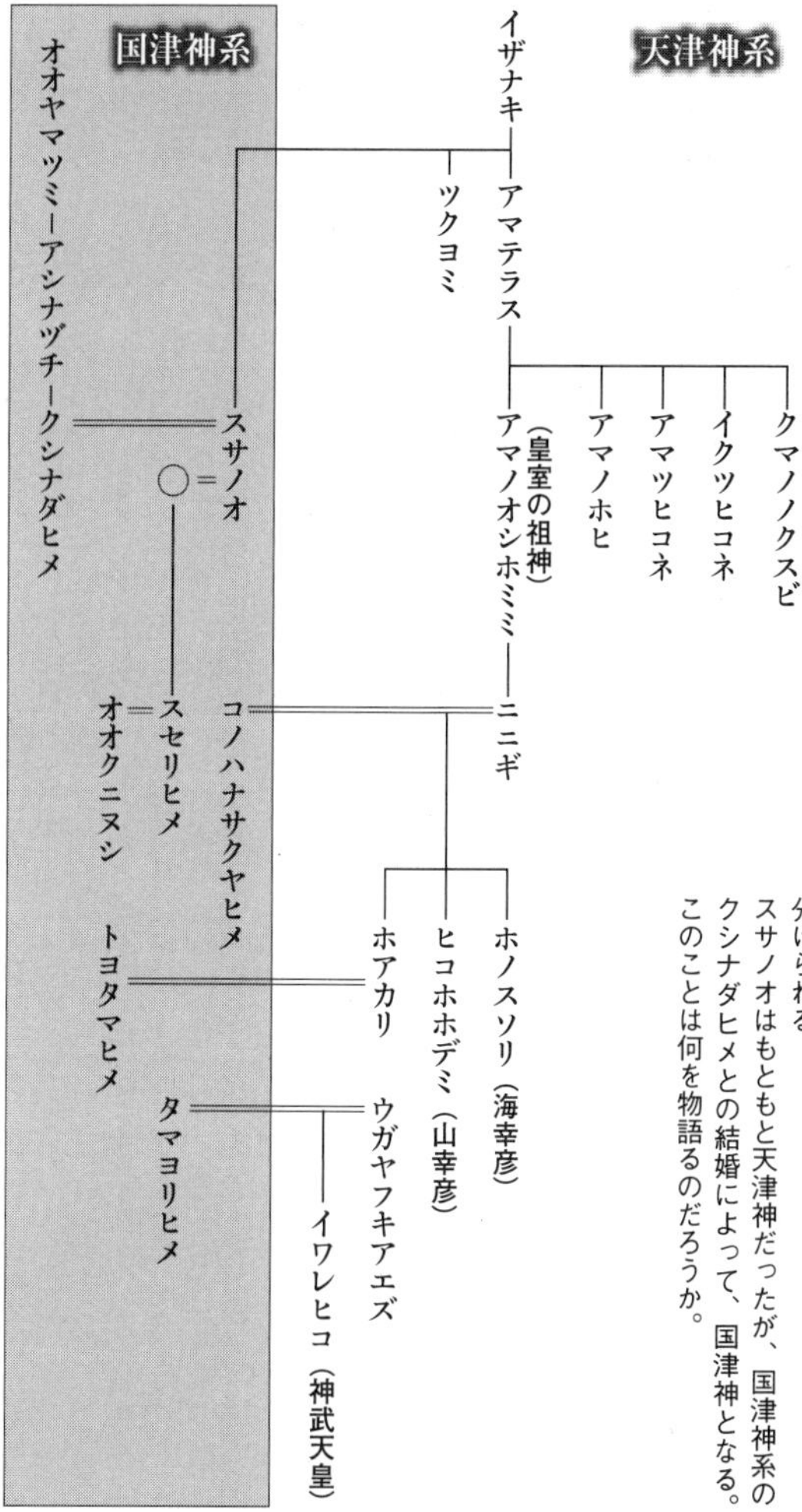

神話に登場する神々は、大きく「天津神」（天皇の祖先）と「国津神」（豪族の祖先）の二系列に分けられる。
スサノオはもともと天津神だったが、国津神系のクシナダヒメとの結婚によって、国津神となる。
このことは何を物語るのだろうか。

駅員に道を尋ねた。望月としては電車を利用したかったのだが、出雲大社へはかなりの遠回りになるということだった。

渋々バスにした。しかしタクシーよりいいかもしれない。視線が高く、出雲の風景が堪能できる。

バスはがら空きだった。しばらく山間《やまあい》の緑で眼の保養をし、それからしばらく、揺られながらの瞑想が終わった。それだけで脳が整い、気分がすっきりした。

目を開けると、モレが通路を挟んだ向こうのシートから待ちかねていたように訊いてきた。

「先生、スサノオを祀る神社は異常な数ですよね」

言うとおり、全国の神社数は尋常じゃない。出雲だけでも、今訪れた須佐神社から佐太《さだ》神社、須我《すが》神社、八重垣《やえがき》神社、熊野《くまの》大社、日御碕《ひのみさき》神社、韓竈《からかま》神社、これらは全部スサノオで、いちいち挙げだしたら限りがない。

他にも、和歌山の熊野本宮大社を筆頭にして熊野系列が全国に約三一〇〇ある。それに有名どころの京都祇園《ぎおん》の八坂《やさか》神社だ。牛頭天王が祭神であり、これまた分社が二六〇〇箇所だ。愛知県には津島《つしま》神社。それから氷川《ひかわ》神社もそうだ。その系列は全国にそれぞれ三〇〇〇社、二〇〇社以上の分社がある。

見逃せないのが広島の厳島神社だ。スサノオの三人娘が祀《まつ》られているのである。こうしたスサノオ関連を入れると、全国に一万は下るまい。そればかりか仏教の母体といわれる比叡山延暦寺《ひえいざんえんりやく》も牛頭信仰がある。

いったいなぜこれほど力が入っているのか？

「それだけの勢力を誇っていたということです」

望月がしゃべった。

「列島各地に散らばっているスサノオ系、つまり新羅勢力に対する配慮として神社建立《こんりゅう》を許した。いやヤマト側が建てたものも多いと思っています」

「つまり……宥《なだ》めるために？」

「ええ、ある時代、出雲を代表する新羅系が一掃されたと睨んでいるのです」

打ち倒した側にこそ、鎮魂の神社が必要だったのだ、と望月がしゃべった。

モレは無言だった。バスの外に目をやり何かをさかんに考えているようだった。

「強大な新羅系を」

モレがぽつりと言った。

「ヤマト勢力が平らげたというのですか？」

「ええ、モレとは逆の説です。やはり、『日本書紀』の話は史実で、単純に読み解けばヤマトは新羅系ではないと思っています……」

としゃべってから、自分を戒《いまし》めるように自分に反論した。

「……いや、そう結論付けるには早過ぎます」

いずれにしろ出雲には朝鮮系、特に新羅の香りが、ふんぷんと立ち上っているのは事実だ。

たとえば加夜《かや》神社というのがある。これは朝鮮半島南部の伽耶《かや》と密接につながっている。

『出雲国風土記』の「国引き神話」では、新羅から土地を引いてくるというストーリーもあって、島根半島の西部、出雲大社のある杵築《きつき》周辺は、新羅の「三埼《みさき》」から引っぱってきたと記されている。これは大量移民入植を象徴している。

新羅から来たスサノオが八岐大蛇を切ったという剣は「韓鋤《からすき》の剣」である。韓鋤は、むろん韓国、つまり朝鮮半島の鋤のことだ。先に述べた韓竈神社は『記紀』の時代、国家に公認された格式ある神社で、『出雲国風土記』では韓銍（からかま）と表記されているのである。韓の銍とは当然、韓の鎌のことで、ここでも朝鮮が丸見えだ。

スサノオは新羅の二代目の王、「次次雄《チャチャウン》」だという話はよく耳にする。もともとシャーマンだったといわれ、治世は紀元四年から二〇年間だ。「次次雄」の古代朝鮮語の発音は、〝チャチャウン〟と〝スサノオ〟のほぼ中間だというもっともらしい話もある。

「僕の考えは、もっとダイレクトです」

モレが気負って言った。

「新羅は日本語ではシラギですが、朝鮮語ではシンラ、いえシンラというより、発音はむしろスンサに聞こえます。ですから『スンサの王』がスサノオと倭人の耳に聞こえたのではないでしょうか」

望月は言い返さなかった。「次次雄」でも「スンサの王」でも、要はやはり新羅なのだ。

「出雲にやって来たスサノオは、格好のいい牛の角付き兜《かぶと》を被《かぶ》っていたんです」

モレが自分の目で見たように言った。

「そして自ら牛頭天王を名乗った。この伝説は本当だと思います。牛を神の化身と崇めるスサノオ集団は出雲に拠点を持ち、その中心は現在の須佐郷となります」

その一帯で産出される砂鉄に目をつける。新技術で瞬《また》く間に鎌、鋤、剣を造りあげ富を蓄えながら、勢力を四方に伸ばしてゆく。

やがて龍蛇神を信仰する先住倭人と壮絶な戦になる。この先住倭人は縄文人ではなく、数百年前から波状的にチャイナ大陸や半島から渡ってきた勢力だ。彼らは土着縄文人を奴隷兵として使っている。その時の戦いが八岐大蛇伝説だ。

そして牛頭天王は、出雲で力を付けて姉にあたるアマテラスをヤマトに送り出したのだ、とモレが力説した。

「大変興味深い。真実はそのあたりに潜在していますが、しかしその前に、そろそろ『古事記』と『日本書紀』という歴史書に立ち返ってみませんか。これで天皇の正体がぐっと見えてくると思います。天皇がなぜ同時期に歴史書を二冊作らせたのか？　その謎を先にやっつけましょう。話は途中で終わってましたね、たしか」

「そうでした」

モレが、たしなめられた小学生のようにスポーツカットの頭を撫《な》ぜた。

「ヒントは文体の違いです」

「えっ、二冊とも漢文ですよね」

「同じ漢文体でも『古事記』の漢字は、万葉仮名《まんようがな》といわれる日本語の要素がたぶんに含まれています。言い換えれば従来の倭《やまと》言葉を生かした漢文です。それに対して『日本書紀』は、完全なチャイナの文体です」

「どうして別々に……」

望月が目尻に皺《しわ》を寄せ、余裕の微笑みを見せた。

「視点を変えることです」

「視点ですか？」

「ええ、本には必ず読者がいます。文体はその読み手に合わせて選びます」

「ということは……」

「それぞれ、読者が異なるというわけです」

「……」

ぽかんとした顔をよこした。頭が真空になったようだった。望月は、手品の種をばらすように話しはじめた。

チャイナへの挑戦

『古事記』は先住倭人向けであり、『日本書紀』は、より漢文を理解する支配者と帰化人高級官僚、それにもう一つ」

望月が思わせぶりに空咳《からせき》を払った。

「唐《とう》です」

「唐って、あの唐？」

深く頷いた望月は、『日本書紀』の重大な役割について指摘した。

「当代随一の超大国、唐に日本という国を認めさせるための重要なツールです」

調べてみれば分かることだが、六七二年から七〇一年のおよそ三〇年間、唐との外交はまったくと言っていいほど途絶えている。なぜ没交渉になったのかは不明だ。ヤマトに内紛があって、それどころではなかったのか？　それとも他に由々しき不都合が生じていたのかは分からない。とにかく三〇年間、約一世代の空白がある。

と、その後また息を吹き返したように、唐に使者をさかんに送り始める。遣唐使である。

遣唐使の船は、最初は二隻《せき》という数だったが、七〇一年からは倍の四隻になる。一隻に一〇〇人ほど乗り込むから、遣唐使は総勢四〇〇人と思いのほか賑わっている。日本側はやる気満々だ。

ただ無事着けるかは風任《まか》せ、海任せということもあって成功率は五分五分という説もあるのだが、とにかく唐との外交を活発化させているのだ。

しかし両国の関係は微妙だった。

チャイナから見れば日本などチンピラ扱いで、金品を上納させるなど当たり前の見下し外交。だが七世紀の初め、それをぶち壊しにかかった。

〈日出《い》ずる処《ところ》の天子、書を日没する処の天子に致す。恙《つつが》なきや〉

これは聖徳太子の考えをチャイナの「隋《ずい》」に伝えたものだと言われているが、けっこう大きく出ている。

もう、うちは倭国などという安っぽい国名ではなく『日本』だ、と宣言したのもこの頃だ。「日出ずる処」は「日の本」だから今後は「日本」と呼べ、と正式に宣言したのである。

それは許せるが、日出ずる処の天子と日没する処の天子、同列に扱われた、隋の皇帝煬《よう》帝《だい》が激怒した。

これはうっかり外交などではなく、なにか確信犯的で、相当自信を持っていたのだと望月は思っている。その辺の解説は他の機会に譲るとして、その尾が引いていたかどうかは分からないが、約六〇年後唐は、朝鮮まで出張ってきた日本軍と激突する。六六三年、日本軍は唐と新羅の連合軍に白村江《はくすきのえ》の戦いで敗れている。

その八年後、新羅がよろよろになった百済を完全に呑みこんださらに翌年、唐が興味を失って朝鮮半島を放棄し、新羅が半島を統一するのである。

「『日本書紀』の編纂はこの頃です。日本軍を叩いた新羅とは険悪でした。むろん唐とも遺恨があります。しかし外交戦略上、唐と手を結んでおいたほうが対新羅という点で得でありましょう。それで唐に色目を送りました」

やりとりを想像するとこうなる。

〈唐に楯を突いたのは倭国であり、我々は新生日本、まったく別の国である。まあ何があったにせよ、過去はきっぱりと水に流して、未来志向で行きませんか〉

〈日本とな。分かり申した。そう立派に名乗るくらいなら、日本国の正史くらいはありますな〉

〈むろん〉

〈では見せてもらいましょう〉

〈……〉

〈いかがなされた？　まさかよもやないのではあるまいな。おたくを日本の天皇と認めるのは、それを読み精査したうえでのこと、早くお持ちになるがよい〉

〈あいや、しばらく。正史はあるにはあるのですが、我が国の言葉の書しかございません。したがって貴国の文字に作り直す必要があり、しばし時間を〉

〈そうか、それならばついでに年代は分かりやすく、我々唐に合わせていただきたい〉

『日本書紀』の形式は漢文体を使い、唐の正式な歴史書『本紀《ほんぎ》』を真似て作っている。さらに暦も唐と同じだ。いやそれどころか、チャイナの『文選《もんぜん》』や『史記《しき》』の名文を拝借して『日本書紀』を飾るなど、チャイナの自尊心をくすぐる構成になっている。

モレは腕を組んで感服したように呟《つぶや》いた。

「見えてきますねー。すると先生、同じような歴史書が同時に二冊出現した理由は、国内用と外交向けですか」

「基本的にはそうなります。もちろん『日本書紀』は、朝廷を支えていた帰化人や高級官僚の学習書にもなっているし、正史として新羅にも渡ることを想定しているはずです」

「でも新羅とは、敵対していたのでは？」

「それがまったくの没交渉というわけではなく、どういう作戦なのか、けっこうしたたかに行き来しています。この時、倭国から日本国に変名したということは、同時に支配者も代わった可能性があります。新しい王なら、新羅とだってうまくやれるはずですから」

「なるほど……」

ようやく感覚として理解したようだった。

支配者交替の事実はさておき、『古事記』が国内向けを思わせる部分は、数多く挙げられるが、より豪族たちに気を遣っている点を見逃してはならない。

ヤマト朝廷が力をつけてきているとはいえ、まだまだ油断はできない。ひと癖もふた癖もある豪族の大ボス、小ボスたちが隙を窺《うかが》っているのだ。

近畿近辺には大三輪《おおみわ》、雀部《さきべ》、石上《いそのかみ》（後の物部《もののべ》）、藤原《ふじわら》、石川《いしかわ》（後の蘇我《そが》）、巨勢《こせ》、春日《かすが》、大伴《おおとも》、平群《へぐり》、羽田《はた》、阿倍《あべ》、佐伯《さえき》、安曇《あずみ》、紀伊《きい》、石城《いわき》、常陸《ひたち》、丹波《たんば》……これ以外にも出雲、北九州、岡山、広島、茨城……そしてまつろわぬ勢力が東北一帯を押さえている。

屈強な豪族のオンパレードである。

『古事記』には彼らを持ち上げ上機嫌にさせる記述が散見できるし、仲間意識を持たせるために彼らの神を適当に見繕《みつくろ》って天皇と合体させる手法もとっている。

神話のキャスティングは、豪族の力量で決まってくる。力があれば国津神系につなげるし、もっと強力な豪族なら一段アップの天津神系に引き立てている。

『日本書紀』と『古事記』。最初のクライマックスは、天皇の祖先が天から地上に降りるシーンだ。

二つの書は豪族の扱いが違っていて、『古事記』には手厚い配慮がある。演出は凝っていて、皇祖神のニニギノミコトは豪族のお供をごっそり連れて、高天原に降臨しているのだ。豪族たちに取り巻きを演じさせ、天皇になりたがった王たちへの大変な気配りである。

それに引き換え『日本書紀』の方は実にあっさりしたもので、ニニギノミコトの降臨は単独だ。豪族など爪弾《つまはじ》きとはいかないまでも実に素っ気なく表現されている。完全なダブル・スタンダードである。

「『日本書紀』はなぜ、そこまで豪族を無視したんですかね」

「繕《つくろ》う必要がないからです。対唐向けで、豪族たちには配られなかった。ならばスター一人でいい。それにある種の懸念もあります。下手に他の豪族の名前を書き入れて、そいつを持ち上げると、唐や新羅がその豪族に着目して、独自の外交同盟を構築するかもしれないという心配です。だからなんだか分からないような神話で煙に巻いておいて、実際の勢力図を不明にした。智恵者ですよ」

「あっ先生」

突然発想が湧《わ》いたように叫んだ。

「ひょっとしたら実際、唐に接触し、我こそは王だと名乗った豪族がいたのじゃないですか？　だからヤマトは慌《あわ》てて『日本書紀』を編纂して、こっちの方こそ王の中の王、天皇だと名乗った、というのはどうでしょう」

モレはぱんと手を叩いた。

「ヤマトと競《せ》って、名乗りを上げたのが出雲だったとしたら？」

可能性としては見逃せないと思った。ヤマトとライバルの出雲が唐に接触した。唐から見たら、正直どちらが倭国の王なのか分からない。

それで、それぞれに国の成り立ちを書いた正しい歴史を出してみろと命じた。二人の王が取り掛かったが、その過程でヤマトがもう一方の王を滅ぼした。その結果、提出されたのはヤマトの『日本書紀』という、手塩の一冊だった。

そういう話の組み立てがあってもおかしくない。気持ちが少し昂《たか》ぶる。

では天皇と支配権を争った出雲豪族は何者なのか？

天皇と豪族

少し眠くなってきた。疲れている。早朝からピッチを上げすぎたのかもしれない。

区切りのいいところで、身体を背もたれに深々と預け、パナマ帽で目元を隠して眠る体勢をとった。クーラーが効いて気持ちがよかった。

ちょっとの間だったのだろう。がたんとバスが揺れ、目が覚めた。夢を見ていたようだった。帽子を元に戻し、伸びをした。

「起きられましたか」

「揺れは眠りを深くします」

「もう少しですよ」

望月が寝ている間に、モレの疑問は広がったようだった。

「天皇が豪族を手なずけるうえで神話や神社が強力なツールだった、というのは分かりますが、何かこういま一つ具体的なイメージが浮かんでこないんです」

正直望月は、もう少し頭を休ませたかったが無理だった。

「イメージ？」

ずれていた帽子をまた元どおりに直した。

「言葉の映像化がうまくいかなくって……」

望月はぼんやりした頭にムチを当てて、背筋を伸ばした。頭がようやくものを考え始めた。

天皇は勢力を広げたい。かといって他のクニの王との戦争は危険だ。さりとて対等合併は、はじめから頭にはない。理想は戦費のかからない友好的なM&A。話し合いによる省エネタイプだ。どうしたらいいのかと策を練る。

そう、土地と人民は、これまでどおり豪族の好きにさせる。波風は立てない。そうしておいて天皇は豪族から税だけを上納させる。

これなら豪族も今までの暮らしとそう変わらないから、話に乗ってきやすいはずだ。悪いようにはしない。その代わり子分になれ。滅亡か？　それとも上納か？　二者択一なら、よほどのことがない限り上納話に乗ってくる。

「ヤクザ組織が、他の組織を配下に収めるやり方と同じですね」

「まさにそうです。比較すればするほど両者のやり口は酷似しています。そういう野蛮な歴史過程を経《へ》て、民主主義が確立されていくのです」

天皇は一つ、また一つと各地の豪族（クニの王）と関係を結んでゆく。クニといっても、一〇〇人から一〇〇〇〇人規模の部族集落だ。しょうもなく抗《あらが》う連中もいる。それには、他の豪族をぶつけて力で平らげるまでである。

あらかたクニの王をつかまえた時点で、天皇は突然豹変する。裏切って豪族の特権の多くを棚上げし、人と土地を直接、手中に収めるのである。すなわち直接徴税方式だ。

これが『大化《たいか》の改新の詔《みことのり》』である。六四六年、満を持して天智《てんじ》天皇（中大兄皇子《なかのおおえのおうじ》）が、豪族たちに叩きつけている。

〈それでは話が違う〉

驚く王に、天皇は傲然《ごうぜん》と言い放つ。

〈今頃、気づいても遅いわ、馬鹿め〉

望月はこの話をする時、決まって頭の中には次のような図が浮かび上がる。

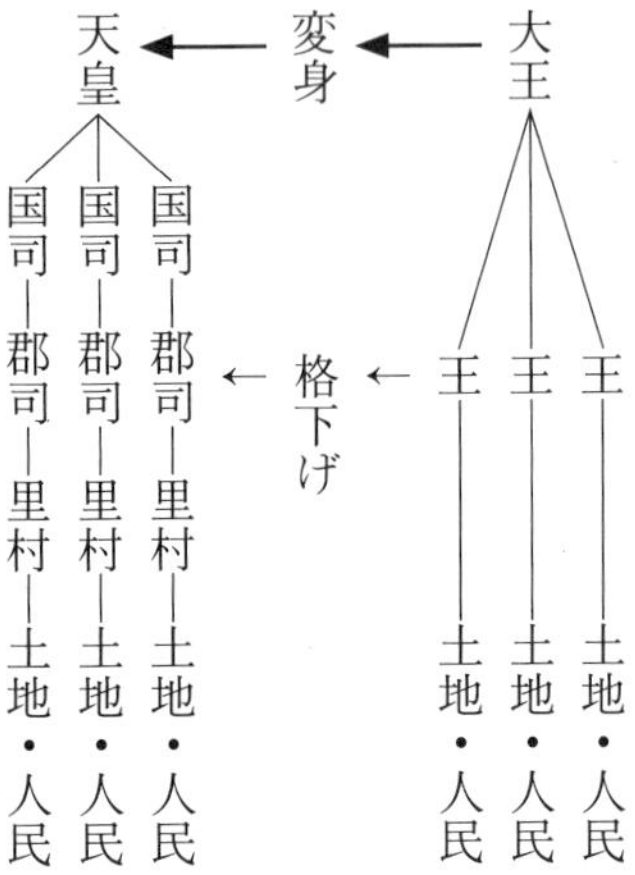

地方官のトップである国司は、主として天皇側の官僚が派遣される。いよいよ中央が地方に手を伸ばし、中央集権国家として整えはじめるのである。

国司の下の郡司には地方豪族の王をスライドさせ、ほどほどの面目を保たせる。しかし給料は天皇側に頼らなければならず、財布と兵隊はしっかり中央に握られている。金と武力を押さえられれば負けである。

豪族たちの政治は緻密ではなかった。地縁はいつでもなあなあの丼《どんぶり》勘定で、情が絡《から》む。が、その点天皇は違う。豪族の縄張りに乗り込むと、すぐさま土地を計測し、米の穫《と》れる量を厳しく算出した。

そのうえで、戸籍の整理だ。何人《なんぴと》たりとも逃さない。より多くの民を土地に縛りつけ、新しく田を与えて税収額を増やすと同時に、兵役逃れを食い止めるためである。土地と人を手中に収めれば、天下は己のものだ。その効果はめざましい。

「これは今の日本でもしっかりと受け継がれています。日本の戸籍法は、先進諸国では類をみない厳重さですから」

「戸籍一四〇〇年の歴史というやつですね」

「ええ、日本名物です」

音《ね》を上げるほどやりすぎると旧勢力の不満が爆発する。反乱も起きる。そのため、天皇はあの手この手を繰り出しての鼻薬も忘れない。彼らをヤマトに住まわせたり、天皇自《みずか》ら、ありがたい苗字《みょうじ》を豪族に授《さず》けて貴族や高級官僚にも引き上げている。

一〇〇年、二〇〇年、三〇〇年と激しく縄張りを拡大し、ほぼそれが最終段階になった七世紀の終わり、天皇は国の基礎固めを磐石《ばんじゃく》にするために、神社を建てまくり、いよいよ大国唐の後ろ楯を得るべく、『記紀』の編纂とあいなったのである。

「これで神社のイメージのほどはいかがですか」

「ええ、何とか」

「繰り返しになりますが、すべては豪族併呑《へいどん》のためです。そのために大わらわで社《やしろ》を建て、彼らのカミを祀らなければならなかった」

立派な社殿でなければ納得しない。そこに、おらがクニさのプライドがかかっている。自分たちの王が神となって祀られる。立派であればあるほど地方の不満が和《やわ》らぐ、という計算だ。

「最後まで逆らう相手には冷徹な武力を振るって征服するわけですが、怖いのは祟《たた》りです。やはり祟りは怖い。そこで祟り封じ込めのためにも神社が必要でした」

「すると社殿成立は地元へのご機嫌取りと、祟り封じですか」

「いやもう一つ、一石三鳥です」

「……」

「権力の誇示があります。天皇はこんな離れた辺鄙《へんぴ》な場所にだって、こうして立派な神社を造れる力があるんだぞと脅すわけです。尻尾《しっぽ》を巻いて逃げてしまうほど押し出しの強い豪華な建造物。そこで民衆は、こりゃかなわんと見えざるパワーに畏怖します。おそらく神社というのは、ヤマト政府の出張所的な色合いをたぶんに含んでいたと思います」

「役所ですか？」

「はい。そこで解けませんか？」

「……」

望月が投げかけたのは以前話した、一人の神なのに、なぜ名前がたくさんあるのか？

という疑問である。

『記紀』でのオオクニヌシは大穴牟遅《おおなむち》神、葦原色許男《あしはらのしこお》神、八千矛《やちほこ》神、宇都志国玉《うつしくにたま》神、大《おお》物主《ものぬし》神、国作大己貴《くにづくりおおなむち》命、葦原醜男《あしはらしこお》、大国魂《おおくにたま》大神、顕国玉《うつしくにたま》神……と、とにかくたくさんの名前がある。読む方は混乱するばかりだ。

「種を明かせば簡単なことです。これは朝廷の力が及ぶ前に、すでに地元に浸透していた地方の王の名です。それを無理やりオオクニヌシとダブらせたというわけです。何と言ってもオオクニヌシは国津神の親分です。おらが王様は立派なオオクニヌシと同じなんだ。それなら文句はない。それで地元は納得しました。オオクニヌシの別名が九つあるということは、おそらく有力なクニが九つあったはずです。気遣って搦《から》め捕る。気配りは支配者の基本です」

モレは古代の智恵に感服したようだった。

「やり手だなあ」

「西洋では見られない方法です。あちらでは勝者がすべてを総取りし、負けた方は徹底的に潰《つぶ》されてしまう」

「そう言えばキリスト教が、教会にモハメッドとかブッダを一緒に祀るなんて、絶対にありえませんものね」

「その逆もなしです。イスラム教徒が自分のモスクにキリストの十字架をどうぞ、なんてことは天地がひっくり返ってもありえません。ところが我が民族は、神仏合体などお茶の子さいさいで、オオクニヌシが地方のどこぞのクニの王や神とダブったところで、平気なのです」

「日本人は無節操なんですよ。建前さえ何とか繕っていれば、後の折り合いはすぐついてしまう」

「しょうもない片付け方ですが、良い面もあります。どんな相手でも、どんな宗教でもすっと吸収して霊を鎮《しず》める。これは戦争を避ける、利口なやり方かもしれません」

望月がにこりと笑った。

「僕はそこが嫌いです。許せないですよ」

モレは急に下唇を嚙んだ。何がどうしたのか、何かを必死でこらえているようだった。時々激情がこみ上げてくることがあるようで、短気なのかもしれなかったが、この場の雰囲気にはそぐわない。自分をコントロールできない幼さを感じる時があり、それさえなけりゃいい男なんだがと、少々気が滅入《めい》る。

目が合った。モレはふっと厳しい顔をほどき、恥ずかしそうに視線をそらした。

望月は視線のそらし方が少し気にかかったが、そのままやりすごし、先を話した。

「さて今度は問題の『古事記』ですが、仕事は実に丹念です」

「……」

「今でこそアマテラスだとかオオクニヌシを知らない人はいません。しかし昔はまだ、知名度は低い。メディアもなければ、インターネットもありません。孤立した集落が点在するだけですから、ここで分かっていても、隣の集落にはさっぱり馴染みがない」

「聞いたこともないでしょうね」

望月は持論を展開した。

天皇としては、自分の先祖である神々を世に知らせる必要がある。『古事記』の前半で、神々のオールキャストを出演させているのはそのためだ。有名どころをそろえた顔見世なのである。

地方の民話、神話を集めてシナリオが出来上がる。これなら身近だから庶民は馴染める。だが、せっかく完成しても、朝廷周辺の一部の回し読みで終わってしまってはお話にならない。もっと全国的に広がらないと意味がないのだが、残念なことに人々はまだ文字を知らない。

「モレさんならどうします？」

突然ふられて、戸惑う表情で腕を組んだ。半袖から出た腕の筋肉がぐいと盛り上がって丸太のように太い。

「ヒントは、『日本書紀』の中にあるのですが……」

　小出しにした。

「『日本書紀』ですか……」

　しばらく粘るかなと思ったのだが、あっさりと兜《かぶと》を脱いだ。その体育会的潔《いさぎよ》さには好感が持てるのだが、もう少し粘ってほしいというのも正直な気持ちだった。その底には、誰も考えたことのないような答えを苦労の末に得た望月の結論なのだから、もっと困った顔が見たい、という意地悪な気持ちもある。

「だめですか……」

　望月は未練を残しつつ、ポケットから文庫本を出した。『日本書紀』の現代語訳だ。

「ええと、たしかここです」

　黄色い付箋《ふせん》を摘んでページを開く。天武天皇四年（六七五年）二月九日の条。

「ここで天武天皇は重要なことを命じています。命じた相手は……ほら、ここに書いてあるとおり大和《やまと》、河内《かわち》、摂津《せっつ》、山背《やましろ》、播磨《はりま》、淡路《あわじ》、丹波《たんば》、但馬《たじま》、近江《おうみ》、若狭《わかさ》、伊勢《いせ》、美濃《みの》、尾張《おわり》など主だったクニの役人です」

　開いたまま文を見せた。命令の中身はこうだ。

〈管内の民で歌の上手な男女、道化師、役者を選んで連れて来るように〉

「歌。道化……」

じっと見つめてからモレが小声で言った。

「ヒントはこれだけですか？」

意味を測りかねている。

「頭だけで考えちゃだめだ。身体で考えるのです。全身で……」

「全身？　あっ、待てよ。そうか」

見きわめがついたのか、明るい顔で手を打った。

「踊り……語《かた》り部《べ》だ」

「正解です！『古事記』には、だからこそ倭《やまと》言葉を基調としたリズムとメロディがあります。語りですよ、語り。部分部分で語調が異なるのはそのせいで、時には朗読し、所によっては歌で聞かせ、そして踊った」

「じゃ『古事記』は台本なんですか？」

「そういう役割を兼ねています」

望月は文庫をモレに渡してから、揺れるバスのシートから背筋を浮かせて伸ばした。帽子をかぶり直し、首をぐるりと回して凝《こ》りをほぐしてからしゃべった。

『古事記』には、ずいぶんと下世話《げせわ》で卑猥《ひわい》な表現があります。世間が興味を引くように考えたのでしょう、一度読み返してごらんなさい。『日本書紀』に較べ、退屈しないエンターテイメントに仕上がっています」

「構成作家がいたんですね」

「複数ね」

「集められた芸能タレントたちは『古事記』を手に故郷に散ってゆく。地元に帰り、お国訛《なま》りで歌い上げる。神から天皇が生まれ、おらがクニの王は、天皇の家来なんだ、という一種の洗脳教育。歌と踊りで昔ながらの地方の秩序に新支配者をつなげる。それで地方も静かになる。今でいうなら政府の広報テレビ番組です。さらに天武天皇は、こうも命じています」

天武天皇一四年（六八五年）九月一五日の条である。

〈およそすべての歌手、笛の奏者は自分の技術を子孫に伝え、歌や笛をならわせよ〉

政府広報の波状攻撃である。欺《あざむ》き通すには芸能人を育成し、繰り返し繰り返し、長期にわたって聞かせ続けなければならない。それを全国に徹底したのだ。

新聞やテレビのない時代、語り部が情報操作と洗脳の武器だったのである。舌を巻く頭脳明晰さだが、これはチャイナの伝統的手法だ。軽くみてはならない。今で言えば、メディアとインターネットの独占で、それを掌握していた智恵者だからこそ天皇になれたといっても過言ではない。

出雲大社が隠した謎

バスはようやく神社の親分、出雲大社に着いた。

祭神は大黒《だいこく》様で有名なオオクニヌシだ。『日本書紀』によればオオクニヌシはスサノオの娘婿である。破天荒な義父のスサノオから出雲を譲り受けて、さらに大きく領土を拡大したと『古事記』には書いてあり、だから大国主なのである。

スサノオが叩き上げの出雲創業者なら、オオクニヌシは円満な二代目社長といったところかもしれない。ところがこの二代目、出雲をヤマトに引き渡して、自分は未練なく引退してしまうのである。

その結果オオクニヌシは国津神系のボスになり、地上の主という五階級くらいの特進を果たしている。

引退した後、全地上の支配権を誰に渡したかというとアマテラスだ。アマテラスは天津神のボスだ。すなわち天皇の先祖は、オオクニヌシから日本列島をポンと気前よく上納されているのである。調子のいい話だが、天皇が君臨する正当性を示している。

「オオクニヌシは地上の主ですから」

モレがしゃべった。

「出雲大社は全国八百万《やおよろず》の神々の本部のごとき扱いをうけていますよね」

「……」

「カソリックでいえばバチカンです。独立国家を形成していてもおかしくはないほどです。しかし情けないことに山陰、裏日本という扱いになっている。この侘《わ》びしさは何でしょう」

「天津神系の本部は伊勢神宮ですね。その辺のことをこれから見てみましょう」

入り口に立っている鳥居ですら、ただものではなかった。世間離れした圧倒的存在感がある。

「さすがですね」

モレがまっすぐ鳥居を見上げながら言った。大股で望月の鞄を引いている。

深い木々、苔むした黒土、目に入る風景は、出雲の伝説と一体になっている。望月は来る者をいやがうえにも神聖な気持ちにさせる独特な雰囲気に浸っていた。人影はまばらで、静寂《せいじゃく》そのものである。

妙に動悸が息苦しい。歩く距離が長いからではない。興奮しているのだ。この先にはきっと深い謎が隠されているに違いなく、そのすべてを知り尽くしたいと、はやる気持ちが血圧をぐいぐいと押し上げているのだ。

しかし出雲大社はそれを拒んでいる。許そうとする気配は微塵《みじん》もない。感じるのだ。それも、尋常ではない拒むような意思を供った圧迫を感じるのである。

――オオクニヌシさん、そちらも取材拒否ですか？――

「先生」

モレがしゃべった。

「神社は女性の身体を真似て造った、というのを知ってますか？」

いったい何を言い出すのかと思ったら、そんな話だった。ずっと昔に耳にしたことがあるので気のない返事をした。するとモレが、勝手に話しはじめた。

「鳥居が女性性器そのもので、この参道は産道に通じ、そして本殿が子宮。ほら神社を別名、お宮っていうでしょう？　子宮からとってお宮なんですけど、似てますよね。子宮とお宮、産道と参道。女性も神聖なんですよ」

「よくできた話だけど、ほんとかね」

昔は女性はケガレていると言われ、今でも女人禁制の場所がある。そのケガレた身体を真似て神社を造るのは意味が分からないと言うと、モレはもっと古代を見てくださいと反論した。

「アマテラスだって卑弥呼だって女性ですよ、先生」

実はモレのこの指摘は神社にまつわる重大な意味を秘めていたのだが、この時にはまだ気付かなかった。今でも女神アマテラスが最高神になっている。しかしその女性を不浄《ふじょう》とし、遠ざけているのが神道だ。この大いなる矛盾は、後々分かってくることになる。

参道を歩いた。ヤマトが隠蔽《いんぺい》した、そのものに向かっている。

晴れてはいるが、暑くはなかった。蒸《む》してもいなかった。長い参道が永久《とわ》に続いているのだが、緊張とざわめきがあって、まったく長くは感じなかった。

ステッキを地面に突いて社殿の前に立った。重厚の一語に尽きる。

来てよかったと思った。こんなものはめったにお目にかかれるものではない。エジプトのピラミッドもすごいと思ったが、それとはまた一味違った神々《こうごう》しさがあった。

空気、匂い、濃厚な歴史、息吹き、折り重なるいくつもの屋根。その大きさと相俟《あいま》っての威圧感に心を奪われる。

望月は真正面から社殿を凝視した。

最近視力がかなり落ちている。特に暗がりには弱く、神社の庇《ひさし》の陰になった部分がどうなっているか見当もつかない。

ステッキを持って柄《え》を目に当てた。望遠鏡そのものが握り柄になっているのだ。望月は仕込み杖と称しているのだが、さっそく威力を発揮して気になる部分を拡大した。

　本殿は一七四四年というから比較的新しく、江戸時代の築だ。この前にも幾度も幾度も建て替えられているのだが、初代の建築年がいつなのかは不明だ。だが手がかりはある。『記紀』に出雲大社が記載されているので、七〇〇年あたりには、すでに建っていたとみていい。それからさらにどのくらいまで遡れるか？

　鍵は、現代の出雲大社をあずかる千家尊祐《せんげたかまさ》氏だ。何代目の宮司《ぐうじ》になるかに注目した。八四代目だ。一人の在職が仮に二〇年と見積もれば、初代は西暦三二〇年頃になる。アバウト過ぎるが参考にはなる。

　巨大なシメ縄に目を丸くした。長さ一三メートル、胴回り九メートル、重さ六トン。とんでもない代物だ。蛇が二匹絡まった姿を表わしているという学者がいるが、望月はそうは思わない。雲だ。どう見ても雲にしか見えない。下に垂れている紙、紙垂《しで》は稲妻である。神は湧きいずる雲と共に出現し、稲妻と共に地上に降り立つ。だから出雲なのだ。望月は本物を目にし、これまでの推理に確信を持った。

　シメ縄のボリュームもさることながら、建物の高さにも目を見張るものがある。二八メートル、神社としては見上げるばかりだ。

　だが以前はこんなものではなかったという。最近発掘された直径三メートルの巨木柱から、高さは現在の二倍、ほぼ四八メートルと予想されているのだ。

これは木造建築としては異常な高さで、思わず眉に唾《つば》を付けたくなる説だが、高さの根拠は平安時代の貴族教本にも求められる。

そこに「雲太《うんた》、和二《わに》、京三《きょうさん》」という、当時の高層建築ベスト三を並べた戯歌《ざれうた》が載っているのだ。一位が出雲大社、二位が東大寺《とうだいじ》、三位が平安京の大極殿《だいごくでん》を指しているのは、誰もが認めており、異論はない。

分かっているのは二位の東大寺の四六・八メートルという数字だ。すると一位の出雲大社は互角以上に建ち上がっているのだから推《お》して知るべしだ。

「すごい高層建築ですね、四八メートルなんてよく倒れなかったなあ」

「いやいや、何度も倒れた記録があります。平安から鎌倉時代までは、だいたい二〇〇年間に七回です」

「えっ、三〇年に一回じゃたまらんですね。だから嫌気がさして今の低いスタイルにしたんですかね」

西側に回った。小さな神社があった。筑紫社《つくしのやしろ》とある。筑紫は北九州のことだ。ここにも北九州と出雲の濃い関係が見て取れる。

――やはり……――

頭に浮かんだのは『古事記』に載っているいくつもの神話だ。

まずは北九州のタギリヒメと出雲のオオクニヌシとの結婚話である。

出雲大社の復元予想図（上)。７年前の発掘調査から、社殿の高さは４８メートルにも及ぶことが判明した。
下写真は、出土した巨大神殿の柱の根本部分。

他にも登場する。例の出雲の王が北九州に出かけている最中に、王の弟が神宝をヤマトにあげてしまったという話だ。そして荒神谷《こうじんだに》から出土した一六本の銅矛すべてが、北九州産であるという事実。結婚、謀議、銅矛、これらを総合すると、やはり北九州と握っている。出雲・北九州連合vsヤマトだ。この構図は動かない。ただし北九州といっても一枚岩ではない。複数のクニグニがあってそのどこかということだが、何となく望月には見当がついていた。追々もっとはっきりしてくるはずである。

裏手に回った。小さい神社があった。古いが見るからに凄《すご》みある風貌だ。

なるほど素鵞社《そがのやしろ》と書かれている。むろん祭神はスサノオだ。スサを音に写し、素鵞の漢字を当てたのだが、この時頭の半分で素鵞=蘇我という文字を描いた。蘇我氏もスサノオ同様歴史の舞台から消えている。ひょっとして同族かもしれないという思いがよぎったが話が散らかってしまうので早々に手仕舞った。

もう一度眺めた。まるで背後から娘婿のオオクニヌシに睨みをきかせているようでもある。

ぶらぶらと巡って正面に戻った。望月はステッキを床に寝かせ、鈴を揺らした。

「あれ、先生もお参りするんですか?」

意外な顔をした。

「むろん。宗教を強制されるのは嫌ですが、こういう所に来ると自然に敬意を表わしたくなるのです」

鈴の音が神霊を招き、邪気を払う。古代人の仕来《しきた》りだ。賽銭《さいせん》箱にコインを放った。軽く頭を下げる。帽子はとらなかった。帽子やマフラーを外せ、と喧しい寺社があるらしいが、それは傲慢というものだ。どの服装が礼儀にかなっているかなど、個人の考え方一つであって外観ではない。心の問題だ。他人がとやかく口を挟むことではない。

だいたい皇后はおおむね帽子を被《かぶ》っているが、それに対して失礼だという意見を吐いた寺社はない。特別な相手にはへいこらして、一般人には強制するというのがまつろわぬ作家としては気に食わないのだ。望月には呆れるくらい偏屈なところがある。

神社は二礼二拍手一礼だが、出雲大社だけは特別で二礼四拍手一礼だという。何がどうしてこうなったのかよく分からないが、無事ここまで導いてくれたことを感謝して真心を送った。

ふと我に返ると、モレが真横にいた。何やら念じる時間が長かった。

「なにか頼みごとでも？」

踵《きびす》を返したモレに訊いた。

「えっ」

「ははあ、彼女のことですね？」

顔が赤くならず、青くなった。気分が悪いのだろうか、ふと奇妙さを感じたが、それ以上は気に留めなかった。

気配

松江《まつえ》市内のホテルに入ったのは六時過ぎである。

望月は部屋で荷を解いたが、早朝からの移動で疲れは極度に達していた。それでも気力をふりしぼって着替えを持ち、まずは温泉に向かった。

大浴場は最上階にある。シャワーで気持ちよく汗を流してから湯に浸《つ》かる。多少熱く、それでも頑張って顎《あご》まで沈める。

大きな吐息。強張《こわば》っている手足を伸ばす。首を回し、また溜息《ためいき》をつく。

大浴場からの眺めはよくない。せっかく宍道湖《しんじこ》に面しているのに窓の位置が高く、湯に浸かりながらでは外の景色が見えないのだ。

それでも湯船の縁《へり》に腰掛けると、夕暮れの対岸までもが目に納まった。いいものである。平日のせいで客はほんの二、三人、贅沢《ぜいたく》にも大浴場を独り占めの感がある。アロマ系のシャンプーが何とも気持ちよかった。うだうだと三〇分もいたが、ついぞモレは現われなかった。

部屋に戻った。モレから夕食の連絡があるはずである。それまでヨガをすることにした。

バスタオルを床に敷いたときだった。奇妙な感じがした。何かが普通でなかったのだ。目に飛び込んできたのは旅行鞄だった。よく見ると鞄のジッパーが開いていた。おかしい。着替えを鞄から出した後は、たしかにきちんと閉めたはずである。

鞄を開け、他人が触った形跡を探した。じっくり眺めると、やはり微妙に変だった。戸惑ったが、パソコンと財布はホテルの金庫に入れておく癖があって無事である。それだけはありがたかった。しかし不気味さは消えるはずもなかった。

思案顔でベッドの縁に腰をおろした。で、掃除のおばさんの仕業《しわざ》かと思ったが、鞄をいじるなどありえないことだと打ち消した。

受話器をとり、モレの部屋番号を押した。出なかった。浮かない顔で携帯電話を鳴らした。留守電に流れた。風呂かもしれないと思った時、ドアにノックがあった。

3　古墳の秘密

覗《のぞ》き穴に目を付けた。

仄暗《ほのぐら》い廊下、目の前に人がいた。ドアに接近しすぎて首から上が見えない。確認できるのは客室係とおぼしき制服だけである。

「何か？」

ドアごしに硬《かた》い声で訊《き》いた。

「メッセージをお持ちしました」

「メッセージ？」

——心当たりはない——

このホテルにいることは誰も知らないはずである。出版社にすら内緒だ。むろん望月は独り者で、プライバシーをあずかる身内などいようはずはない。

不審がよぎった。複雑な気持ちで少し迷ったあげくノブを握った。回そうとしたその時、刺された腿《もも》がヒリヒリと疼《うず》いた。

これで気が変わった。

「ドアの下から、入れてください」

「かしこまりました」

白い封筒がつっと差し込まれ、ワインカラーのカーペットの上に滑り出た。

拾って、封筒をテーブルの上に放った。電灯が黄色く封筒を照らしている。このホテルのレターヘッドだ。しかし触る気がしなかった。

テーブルの封筒に目は釘付けになっている。再びモレに電話を入れてみる。やはり出ない。階上の温泉に行っているのだろうか、若さに似合わず長風呂なのかもしれない。

少し待ってみようと思った。それまで今朝から撮りまくった写真でも覗きながら時間を潰そうかと考えたが、やはりテーブルの封筒が気にかかった。

手にとって封を切った。

〈拝啓　望月先生
大変失礼とは存じますが、お手紙をさしあげます。
私は出雲在住で歴史を少しばかり勉強させてもらっておりますが、数年前に先生の御著書を目にしてからというもの、大のファンになり、新しい作品を拝読させていただくたびに、深い感銘を受け続けているものでございます。
本日、親戚の結婚式出席のため、たまたま当ホテルに来たところ、偶然ロビーで先生のお姿をお見かけし、いてもたってもいられず不躾《ぶしつけ》ながら手紙を書かせていただいた次第です。

もし明日、当地を巡るご予定がありましたら、ぜひ案内役をかって出たいと存じます。そうではなく、空港直行でありましたなら、その前にお茶などご一緒できたら光栄です。

ずうずうしくも迷惑なお願いではございましょうが、定年退職後の生き甲斐は歴史のみという私。三〇分、いや一〇分でもけっこうです。どうかお目にかからせていただきたく、手紙を書いた次第です。

よろしくお願いいたします。

敬具

荒木秀武《あらきひでたけ》〉

望月は緊張をほどいた。

旅先でのこうした接触はたまにある。世間は信じてくれないだろうが、別に大ベストセラー作家でなくとも、声が掛かるときが少なからずあるのだ。

手渡しのメッセージは初めてだったが、心境は複雑だった。嬉しさ半分、煩《わずら》わしさ半分である。

物書きにとって熱心な読者ほど、ありがたいものはない。手塩にかけた本を読んでくれるだけでお互い通うものがあり、一声掛けてくれるのは心地良いのだが、時間が取られるとなるとまた話は別だ。まして現在、望月はかなり痛い目に遭っている。それが腿に、痛々しく焼きついているのだ。

見ず知らずの相手というのは、自《おの》ずと警戒心が作動するし、かといって今回のようにわざわざ丁寧《ていねい》な手紙をよこす暴漢などめったにいないわけで、ならば少しばかりのお茶をたらうという理由はないではないかなどと、複雑な思いが錯綜《さくそう》する。

しかし三〇秒後には迷いにも決着がついていた。時間を作る気になっていたのだ。

気持ちを切り替え、ベッドサイドのデジタル時計に目をやった。七時三五分、まだモレからの連絡はない。

――長《なが》っ尻《ちり》にもほどがある――

風呂から上がってホテル内をうろつき回っているとしたら、世間をもっと勉強すべきだと、露骨にむかついた。望月も若い時はずいぶんと礼儀知らずだった口だが、年輩者を待たせることは絶対にしなかった。

――世が世ならば無礼討ちにしてくれる――

と腹が立ったが、しかしこれまでのモレを見る限り、そう逸脱した男でもない。それならいったいどうしたわけだ？　心の通わない不安が、じわりと迫《せ》り上がった。

しかたがないので落ち着かない気持ちでパソコンを開いた。暇つぶしにメールのチェックをした。

ざっと視線を流し、出版社と連載原稿についてやりとりしているうちにようやくモレから連絡が入った。

長風呂だと思っていたのだが、体調がすぐれず風邪薬を飲んで深く眠っていたのだという。ひどい声だった。

どうやら風邪らしい。それでも少しましになったので、このまま休めば明日には治《なお》るだろう、心配をかけて申し訳ないと元気なくしゃべった。

「夕食は？」

「はい、これから……ラーメンでも取り寄せようかと思ってます……」

熱のせいなのか、上《うわ》の空という感じだ。

悪化したら遠慮せずにコールしなさい、と念を押して電話を切ったが、望月こそ原稿を抱え、夕食どころではなかった。

仕事を抱え、夕食をこっちの方から断わろうかと思っていた矢先だったのだが、妙なことでその手間が省《はぶ》けたななどと、ほっと胸を撫でおろす。しかし丈夫が取り柄のモレがぶっ倒れるなど、気がかりなことではあった。

受話器に手を乗せたまま、出雲大社でのモレの異変を思い出した。

何を拝んだのだと訊いた時だった。望月の「彼女のことか」とのからかいに、赤くならずに顔を青くした不自然さを覚えている。今考えると、あれは吐きそうな顔つきだったのかもしれなかった。

——思いもよらず、霊障でも食らったのだろうか——

気持ちを切り替え原稿に取り掛かった。

不在

雨脚がひどくなっていた。部屋の窓にびゅーびゅーと風が吹きつけ、大粒の雨は音を立てて容赦なくガラス窓を叩く。

台風の影響だろうか、だが望月は届いたカレーライスを頬張りながら、図太く文章に没頭した。

一度ベッドで眠り、翌朝四時に起きた。ルームサービスのカフェオレを呑《の》みながら必死に取り掛かった原稿は、何とか期限の昼までに間に合った。二度読み返した後、原稿をインターネットで送信する。

一安心である。

部屋の中はやたらに乾いていた。ペットボトルに口をつけ、冷たいお茶で喉を潤《うるお》す。一口、二口呑んでいるうちに、いまいましさがこみ上げてきた。いまいましさの源《みなもと》はモレのことではなく、目の前のパソコンである。

――こいつは鎖《くさり》だな――

たしかに便利なツールだが、こっちも首根っこを捕まえられているのだ。四六時中仕事をもたらし、指図することをやめない。これではまるで望月のご主人様である。

望月がものを書き始めた時代は、原稿用紙に手書きと相場が決まっていた。

パソコンなどは、出版社の編集部でさえ見かけなかった。ましてインターネットなど論外で、作家は神妙な顔つきで四〇〇字詰めの原稿用紙に向かって、万年筆片手に一つ一つの枡《ます》を埋めていったものである。書き直しは厄介だからいつだって真剣勝負だ。自ずと推《すい》敲《こう》は慎重にならざるをえない。そうして出来上がった肉筆の作品は、生まれたてほやほやの我が子のようで神々しくもあった。

原稿はこの世に一つだ。バックアップ・コピーなどというものはない。紛失すれば一巻の終わりであり、扱いは自ずと丁寧《ていねい》になる。渡される編集者にしても、ひょっとしたらこれが数千万円、いや数億円に化けるかもしれなく、『玉稿《ぎょっこう》』などと形容されるゆえんである。失《な》くしたら首が飛ぶ。押し頂くようにして預かり、丁重に鞄に仕舞ったものである。

これが、つい一五年ほど前の日本の風景だった。

――あの頃の編集者には血が通っていたなあ――

と望月は懐かしむ。

互いの交信手段は電話か手紙だ。旅に出れば不通になる。こうして旅先まで追いかけられることはなかった。ところが気が付くといつの間にか携帯電話、パソコン、そしてインターネットという「三種の神器《じんぎ》」が定着していた。

携帯電話で注文が届き、パソコンで文を紡《つむ》ぎ、インターネットで送信する。どういうカラクリなのか、あっという間に原稿は空を飛び出版社に届いてしまうのだ。

届かなかったら、

「すみません、もう一度送ってもらえますか？」

などというメールが届く。原稿など小荷物扱いだ。

「先生、文字化けしてます」

――文字化け？――

かつては『玉稿』と呼ばれた原稿も、操作次第では化けてしまうのだという。何やら虚《むな》しい。

携帯電話、パソコン、インターネットを無邪気に使いはじめてからというもの、作家は地球の裏側に行けども逃げられず、雲隠れなど夢のまた夢、金輪際《こんりんざい》できない。

まあこれは作家に限ったことではないが、それにしてもと思う。

物事には必ずマイナスの部分があるのだが、「三種の神器」は、果たして人間にとってそのマイナス部分を補《おぎな》ってあまりある幸福をもたらす代物《しろもの》なのだろうか？

——いかん、最近愚痴《ぐち》っぽくなっている——

望月はそんなことを思いながら部屋を出た。

もう昼近かった。向かった先は気がかりなモレの部屋だ。同じフロアーが取れず、部屋は一階下だった。一晩ゆっくり眠ったようだから調子は戻っているのではないだろうか？

エレベーターを降り、暗く長い廊下を歩いた。九一三号室。

チャイムを鳴らした。応答はなかった。もう一度押し、それからドアを叩く。耳をすますが部屋はしんと静まり返っている。

——睡眠薬でも食らって熟睡しているのか？　それとも洗面所かな？——

腕を組んでドアを眺めた。さらにチャイムを鳴らす。無反応を確かめ溜息をつき、一度自分の部屋に戻った。

ベッドサイドの電話を使った。五回、一〇回と虚しいコールが続く。あきらめきれずに携帯電話も試した。だがつながらなかった。

望月は顎を撫でながら考え、それからフロントで調べてもらった。

「九一三号室の森玲造様は、すでにチェックアウトされておりますが」

「何！　そんな馬鹿な……」

二の句が継《つ》げなかった。狐《きつね》につままれるとはこのことだ。おまけにメッセージもないという。釈然としない面持ちで受話器を置く。

帰るならメッセージくらいあってもよさそうなものである。ふとその暇もないほどの急用が発生したのかと思ったが、首を振った。火急の用であろうが、電話のチャンスくらい、いくらでも作れるはずだ。

——無責任過ぎる。見込み違いをしていたのだろうか、やはりそれまでの男だったのだ——

不満顔で納得する答えを探したが、身勝手で扱いづらい若者への小言が胸の中で渦巻くばかりだった。滅入った時は無性に大福餅が欲しくなる。むろん粒餡豆大福だ。

しかし考えてみれば、当世風とはそんなものかもしれないと思った。別に自分の上司でもないのだから、連絡義務など生じないとでも思っているのだ。ドライな若者が、そう考えて「さっ、帰ろ」とホテルを出たとしてもさほど不思議ではないのかもしれない。

今、携帯電話がつながらないのは飛行機の中なのだろう。そう思って気分を落ち着かせた。

荷物をまとめた。さっさとチェックアウトを済ませ、ロビー階のコーヒーショップに入った。

一人で昼食のサンドイッチをつまんだが、味気なさが口の中にまとわりつく。

豆大福を注文してみたが、呆れ顔できっぱりと否定された。くそ！　憂さ晴らしのアップルパイを食べ終わった頃、荒木が現われた。面会の約束をしておいたメッセージの男だが、これで気分が刷新できそうだった。

アメーバー型の古墳

小柄で、よく動く細い目が印象的だった。白い半袖シャツに、どこにでもあるストライプのネクタイといういでたちである。

顔色が不健康に浅黒かった。全体的にくたびれていて、白髪まじりの髪は、右の髪が不自然に束《たば》になってごっそりと立っていた。ファッションではあるまい。おそらく寝癖《ねぐせ》だ。

六五歳と読んだ。荒木は満面の笑みをたたえながら近寄って握手の手を差し出した。印象は悪くなかったが、握った手はじっとりと湿っていた。望月は、気づかれないようにそっとズボンの尻で手を拭《ぬぐ》った。

荒木は目を輝かせてさっそく自分を紹介した。

この町に育ち、さる土建屋に勤めていたのだが、作業現場に遺跡が突然出現したのだと言った。二〇年ほど前のことだったが、魅力的な遺跡とのご対面で、これまで見向きもしなかった歴史に興味が湧いたという。

素人ながら出雲に関する文献はほとんど目を通し、かたっぱしから遺跡に通いつめ、自慢じゃないが、と断わったうえで知識はその辺の考古学者など目ではないとしゃべった。

完全な自慢だ。

「古代史の研究くらい面白いものはありませんな。調査、推理で頭が沸《わ》きかえり、眠れないこともしばしば。歴史を巡って、ついでに旅先の温泉にも浸かれますしね。贅沢と言えば贅沢この上ない年寄りの趣味ですなあ」

荒木の言葉遣いが気になった。一応標準語だが、イントネーションに癖がある。いわゆる東北のズーズー弁というやつだ。

「東北のご出身ですか？」

言葉を挟むと、気分を害したように主張した。

「先生、それはあべこべです」

「あべこべ？」

「ええ、そうです。出雲のイントネーションが東北に伝わったせいでして、こっちが本家です」

言いたいことは理解した。すなわち、かつての古代出雲は強力で、日本海沿いを支配した。それで福井、石川、新潟へと出雲言葉が感染したというのだ。この説はわりと広く認知されていて、望月も二、三度何かの本で読んだことがある。

「そりゃ失礼、心温まるズーズー弁の本家はこちらですね」

荒木はいえいえと言いながら頭を掻《か》いた。その時手が寝癖に気づいたようで、髪を何度も無駄に撫で付けながら、ちょっと時間がありませんかと訊いた。

「小一時間でけっこうです。どうしてもお見せしたいものがありましてね」

荒木の顔がほころんだ。

「古墳ですよ。出雲独特の」

「ほう、ひょっとしたら四隅突出型墳丘墓《よすみとっしゅつがたふんきゅうぼ》というやつですね」

「さすがは、お察しがよい」

「珍しいですからね、あの形は。僕も一度、拝見したいと思っていたところです」

「ならば善は急げということで、これから私の車で、ひとっ走りしませんか？」


快晴とはいかなかった。

しかし昨夜の強風が、濁《にご》った空気をきれいさっぱり運んだのだろう、そよ吹く風が気持ちよかった。

望月は助手席に座り、ステッキを両膝に挟んでシートベルトを締める。安物の芳香剤が鼻を突いた。断わって窓を少し下げた。

荒木の運転は慎重だったが、口数は多かった。郷土史家というのはえてして饒舌《じょうぜつ》なもので、その辺をわきまえている望月は、押し寄せる会話に根気よく付き合った。苦痛はない。

歴史作家の好奇心は旺盛だ。他人の話を聞くのは楽しいことである。話の中に珠玉《しゅぎょく》の素材が混じっていることがあり、それをうまくものにするのが腕の見せどころだ。

車は出雲市の脇をかすめて、西谷《にしたに》墳墓群を目指している。

四隅突出型古墳だ。

この古墳は、四つの足が四方に伸びている。巨大なアメーバーといったところだが、今にも動きそうでグロテスクだ。

BC一世紀くらいに、その先駆けらしき小ぶりのものが北九州に出現している。その後飛び火し、出雲で本格的になり、ここが本場になる。それから止めようのない速さで、日本海沿いを北陸方面へ広がってゆくのだが、『日本書紀』には出雲の神ヤチホコ（オオクニヌシ）が、越《こし》の国（新潟）を平定したくだりがあり、四隅突出型古墳の進出とぴたりと重なる。考古学と文献の辻褄《つじつま》が合っているのだ。

それにこの男、荒木の訛《なま》りもある。ズーズー弁も出雲から北東へと、この不気味な古墳と同じ流れだ。アメーバー型古墳、ズーズー弁、一見何の脈絡もないこの二つの事柄が、しつこく北陸に絡みついている。

四隅突出型古墳は近畿、関東、東北では見られず、出雲を中心に九〇基ほど存在しているが、この有力勢力分布は興味深い。特に近畿、関東には近寄りもしないのだ。

巨大化したのはAD二世紀あたりだ。これから行く西谷墳墓群の三号墓と九号墓は、その中でもとりわけ大きい。独特な土木技術などから見て、出雲王国は確実にあり、その力はかなりなものだ。

渡来人が崇拝したもの

なるほど、そんじょそこらにある代物ではなかった。古墳は全国で腐るほど目にしているが、こいつは不気味だ。

なぜこれほど特殊なのか、その必然性を考えながらデジカメで撮り始めた。

「妙なスタイルですねえ」

シャッターを押しながら言った。

「これは牛ですよ、牛」

「牛?」

突拍子もない話に、思わずデジカメから目を外した。

「先生、上から俯瞰《ふかん》すると四隅の突起は、牛の四つ脚そのものです。そう思いませんか」

「うーん」

返答に窮した。

「牛以外はありえませんな」

出雲特有の形をした古墳

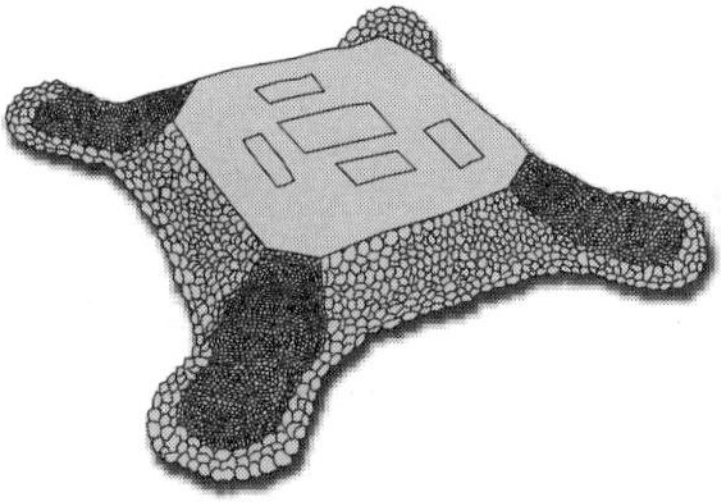

アメーバー型古墳こと四隅突出型墳丘墓の復元図(四二×三五メートル)。写真は西谷9号墓の基礎部分。

きっぱりと区切ってから付け加えた。

「これからたっぷり説明しますが、根拠はあります。ちなみにこれを最初に牛だと言い出したのは、誰か知ってます？」

「はて？」

「この私ですよ」

胸を反《そ》らした。

「正真正銘私の説。他の学者はまだ気づいていませんな」

晴れがましい表情は、これが言いたいがために、ここまで望月を連れて来たのだといっているようだった。

「牛の信仰以外ありえません」

荒木が腕を組んで念を押した。

「すなわち新羅《しらぎ》者の牛信仰。もうお分かりでしょう？　そのボスは牛頭《ごず》天王ことスサノオですよ」

古墳の前で、スサノオの名前を耳にすると少々戸惑いを覚える。これだから素人は面白い。発想が自由だし、軽々《けいけい》に発言できない学者と違って、思いついたらどんどん口にしてくる。

このアメーバー型古墳とスサノオがどうつながるのか？

「四隅突出型の源流は」

荒木は二〇〇〇年の風雨にさらされた古墳を仰ぎ見た。曇天の鈍《にぶ》い光が、えらの張った顔をどす黒く不健康に照らしている。

「高句麗《こうくり》と新羅です。あちらには四隅を尖《とが》らせて石を積んだ古墳の残骸があり、まったくとは言いませんがこれとよく似ている」

「ほう」

初耳だった。

「朝鮮半島の古墳はほとんど破壊されているんですがね。むろん下手人《げしゅにん》は彼らです。どういう神経なのか昔の姿を保っているものはまったくといっていいほどなく、とりわけ紀元七〇〇年くらいまでの古墳がひどい」

口調には小馬鹿にしたような色合いを含んでいた。朝鮮人はどの民族より祖先に対する崇敬心《すうけいしん》が強いなどと自慢気に話すが、嘘っぱちだと荒木はシニカルに笑った。

「百済《くだら》には三二人の王がいた。ご存じでしょう？」

「ええ、そう言われています」

「しかしその古墳は、ただの一人として見つからない。先祖供養もへったくれもなく、神々も恐れぬ盗掘ですな。それに悪い癖もある」

　溜息を漏《も》らした。

「新しい王が、前の王のすべてを抹消するのですよ、あそこは。むろん日本でも新旧交代は痛みを伴ったけれど、そんな微温《ぬる》いものじゃない。ああなりゃ悪癖としか言いようがないですな。これは現代でも止まらず、前大統領の悪行を新大統領が徹底して調べ上げ、刑務所に叩き込んで潰すなんてことをやる。悪性《あくしょう》です」

　荒木は朝鮮半島には古代より「恨《ハン》」の文化が根付いていると言ったが、そういう荒木当人も、何の因果か彼らの「恨」を心から「恨」んでいるようで、どことなくおかしさがあった。寝癖の立っている髪のせいもあるが。

　渡来人について熱く語り始めた。倭人が朝鮮半島と濃く交《まじ》わり始めたのはBC八世紀頃で、さらにさかんになったのはBC四世紀だ。

　渡来人は対馬《つしま》と壱岐《いき》、この二つの島を飛び石で渡って列島に到着している。玄関口はもっぱら九州北部だ。

　その中で、出雲から新潟までの日本海沿岸を目指した連中がいたと語った。

「それが新羅系です」

「ほう、最初から出雲に来たと?」

「ええ、二世紀の後半からどっと来ています」

列島への移動の理由は、朝鮮半島北部に興った高句麗だ。彼らの圧力がきつかったのだ。むろんまだその時には新羅という国が出来る前だから、彼らの祖先になる牛を崇拝する、ある部族だと付け加えた。

朝鮮半島を南下、安全地帯の列島を目指した。ところがすでに北九州には他の軍勢が陣取っていて、新参者を喜ばない。そこで海流に乗って出雲地方を目指した。

ここに来た血の気の多い新羅系は地元の先住倭人と事を構えながら、独自の文化、宗教観を整え始める。

「それが神道の原形です。だから神話の故郷はここ出雲にあり、神社の中の神社、出雲大社がでんと鎮座ましましているのですよ。どうです、これほど自然な話はありますまい」

新羅と出雲の強い結びつきを感じていたので、望月はけっこう本気で聞いていた。荒木の話は大ざっぱではあるが、なかなか理屈に合っているようだった。

人骨

「人間というのは」

幼い頃から学校で習ったことが視座になる、と荒木がしゃべった。一度視座が固まったら変えることは並大抵ではない。

天皇が近畿に生まれ、近畿に育ち、血脈が連綿と絶えることはなかった。根強い「心象風景」は、明治維新以来の皇国史観教育と、京都大学を中心とする皇室擁護派学者どもによって造り守られてきたものである。そんなものは、一から十までデッチあげだと荒木は蔑《さげす》むように言った。

「天皇のルーツは近畿土着の縄文人ではありません。絶対にありえない」

「……」

荒木は眉一つ動かさずに、望月の顔をしみじみと見た。

「知ってるでしょう？　先生。天皇のルーツのことは」

と思わせぶりに言って、クニの成り立ちについて話を戻した。人骨を調べれば、おおよそのことが見えてくる。

「これまで発見された弥生《やよい》人の人骨は約四〇〇〇体ですが、これまで確認されているだけでも、戦争の犠牲者はそのうちの一五〇体」

一方の縄文人の骨は約五〇〇〇体で、他殺者はわずか一五体。弥生人の一割以下の比率だ。

すなわちこれは縄文晩期から、争いが激しくなったことを如実に示しているのだが、目的はずばり土地、つまり水田稲作地を奪いに出たのだと断言した。

「なるほど……素人は勘違いしているのですが」

望月が同意するように補足した。

「一般に、土いじりの農耕民族はずっと平和的で争わないと思っています。こんな見方は、完全な間違いです。一見、のどかで平和に見える農耕民族は戦います。備蓄米、土地、水資源、種……守るべきものが多いのに彼らは土地に縛り付けられていて逃げがききません。したがって完璧に武装し、戦闘的にならざるをえないのです。武装して腕を磨く。その点採集縄文人の土地の放棄はあっさりしたものです」

縄文末期から列島は風雲急を告げ、渡来人が倭人やら縄文人を倒し、村が村を呑み込み、さらに大きな共同体が出来上がってゆく。

倭国のあちこちにあった村のことは、『漢書《かんじょ》』地理志に記されている。

〈分かれて百余国をなしていた〉

この場合「国」といっても、今の「村」よりもっと狭いが、『漢書』の記述は紀元前の九州北部を指している。さらにAD三世紀後半の『魏志倭人伝《ぎしわじんでん》』には、

〈使訳《しやく》通ずる所三十国〉

と、今度は三〇国に減っている。

二つの書物を比較すれば、一〇〇あった小共同体が呑み込まれ、三〇のクニに収斂《しゅうれん》されてゆくさまが浮き彫りになる。強い男がさらに強い男に負けていったのである。

『魏志倭人伝』に登場する唐津《からつ》平野のマツロ国（末蘆国）、福岡平野のナ国（奴国）と糸島《いとしま》半島のイト国（伊都国）なども、縄張りを拡大してきたクニグニの代表で、その中の一つの国とここ出雲は同盟というか、手を組んでいたのだとしゃべった。同感である。

荒木の話はチャイナに及んだ。手振り身振りも忙しく、よくしゃべる男である。よくしゃべるが話し方に熱がこもっているので、つい引き込まれ退屈することはない。

紀元前、早くも「漢」をバックにつけた北九州の「ナ」国。

『後漢書《ごかんじょ》』の『東夷伝《とういでん》』にあるAD五七年の表記は興味深い。

〈倭の奴国、奉貢朝賀《ほうこうちょうが》す。使人自ら大夫《たいふ》と称す。倭の極南界なり、光武《こうぶ》、賜《たま》うに、印綬《いんじゅ》をもってす〉

AD五七年というから弥生中期である。これを読む限り「ナ」国は漢に貢物を上納し、さかんに外交を展開しているのだ。大したものである。現代人の我々が想像する以上に政治力学を知っている。ナ国にはチャイナの言葉を話せるタフな外交担当者が存在し、外交戦略を練っている様子がありありと浮かんでくる。

ではなぜナ国は、これほど遠くにある漢に目をつけ、上納まで果たしたのか？

「子分にしてもらうというだけではメリットはありません。ずばり青銅と鉄の武器です」

歴史本には、銅鏡をもらった話ばかりが目立つ。しかし、そんなものばかり手にしたからといって戦争に勝てるわけではない。

合理性を突き詰めれば金属性の武器だ。

当時は石斧、石製の鏃《やじり》で作った矢、木剣、投石が戦《いくさ》道具の主流である。

だがある日、チャイナから青銅剣、鉄剣が運ばれ、弩《ど》と呼ばれる桁《けた》違いの飛距離を持つ弓がもたらされたのである。まるっきり話にならない。現代でいえば核ミサイルみたいなものだ。

馬鹿でない限り、王は最新兵器での武装を目指す。

いち早く動いたのはナ国だった。朝鮮に渡り、チャイナと接触して金属ルートの押さえにかかったのである。そして成功した。

「ナ国という名前の由来ですが、お分かりですか？」

聞き手に徹していた望月が、口を挟んだ。

「あっ、そういえば何だろう。考えたこともなかった……」

荒木は難しい顔で腕を組んだ。

「ナは古代朝鮮で国のことを言いますが、それより『魚』のことではないかと思っています。今でも『魚』をナと言います。『肴《な》』も語源は同じで、やはり魚です。ナ国は海岸、今の博多《はかた》湾沿いにあって魚の宝庫だから『ナ』を名乗ったと思います」

「はあ、それは気づかなかった」

「我《われ》はナから来た。と言ったのだが、チャイナ人は蔑む漢字『奴』を当てはめて、わざわざ『奴国』と記したわけです」

それを聞いて荒木はいまいましそうに、礼儀もへったくれもない嫌らしいやつらだ、と吐き捨てた。ちょっと凄みを利《き》かせたように遠くを睨《にら》んだが、寝癖髪がマンガチックである。

望月は苦笑してから、イト国は『糸』でしょう、ともう一つ付け加えた。

「今でも糸島半島というくらいで、周辺の少なくとも一二の古墳から、弥生絹が発見されています。糸の産地だから、イト」

「両国とも特産物が国名とは分かりやすいですな。なるほどさすがは作家先生、大したもんです」

とってつけたような持ち上げ方で、心から感心しているとは思えなかった。

「ナ国とイト国はお隣さんです」

望月がしゃべった。

「実に仲がいい。お互いがお互いを必要としていたからです。つまりナは漁師だから船の操作に長《た》けている。イトはどちらかというと、織物を生産し交易で潤《うるお》っている。つまりイトは海を支配しているナを頼らざるをえない。持ちつ持たれつ、まあお互い、そんな関係でしょうか」

そう言うと、荒木は改まった顔で、ナ国は漢の金属を得て、九州北部で君臨したと応じた。

「これが教科書では教えない北九州王朝です。畿内《きない》王朝のずっと以前にハデに成立しています」

驚くのは一七〇〇年の時を経《へ》ての江戸時代、漢から頂戴した金印が土中から発見されたことである。

一七八四年二月二三日。発見者は百姓甚兵衛《じんべえ》、場所は福岡藩の領地、博多湾の志賀島《しかのしま》で、そこが現在ナ国の領土と比定されている。

荒木は望月に向き直った。

「先生は、その金印が本物だと思いますか？」

「ええ、間違いありません」

躊躇《ちゅうちょ》なく答え、理由を二つ挙げた。

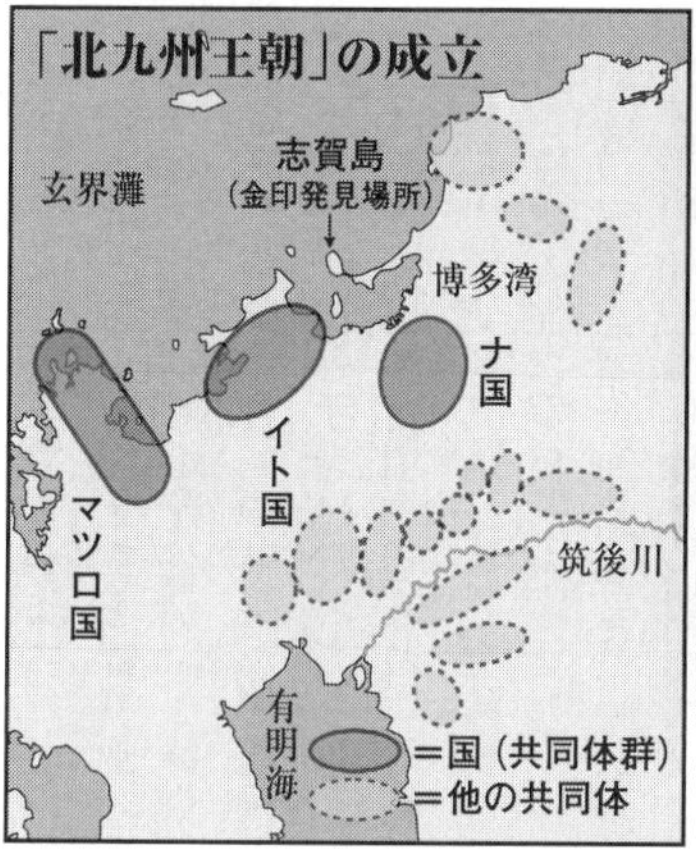

紀元前後頃の九州北部。後漢の後ろ盾を得て君臨した国は？

1　チャイナ大陸の砂金と純度や金属成分が一致する

2　同一サイズで、しかも同一字体の金印が、チャイナで発見されている

その他にもいくつかの証拠があり、偽物は考えられない。

「つまり、何を言いたいかというとですね、先生。後漢の後ろ盾を得たナ国が北九州王朝を確立した頃、この西谷三号墓ができているということなんです」

鋭い目をアメーバー型古墳に飛ばした。

「つまりナ国と出雲は同盟関係にあった？」

「そうです」

荒木は眩《まぶ》しそうに眉を寄せた。いつの間にか夏の強い陽射しが荒木の肩にかかっていた。

「紀元前一〇〇年頃ですかね」

と荒木は、もう一度年代を繰り返した。

「その頃に出雲の戦死者がぐっと多くなる。目まぐるしく変わるクニの成長過程です。本能剝《む》き出しの食い合いの結果、周辺国が続々と出雲王国に組み込まれていったのです。出雲のボスはナ国と手を結び、さらに創造的破壊を繰り返す。北九州で広形《ひろがた》銅矛が配られ、出雲は四隅突出型古墳が造られ、近畿で銅鐸が広まっています」

話は回りくどくて遅いが、重要なポイントは押さえており、荒木は遠回りしながらでも望月を歴史の旅に案内した。

銅鐸、銅矛を頭に浮かべた。呪術のツールだが、ヤクザにたとえるならこれらは「代《だい》紋《もん》」だ。九州王国連合は「銅矛代紋」をちらつかせ、周辺のクニに睨みをきかせる。代紋は下部組織にとっては「服従の証」となり、他勢力に対してはビビらせる「大いなる威嚇」に違いない。

「この銅矛が目に入らぬか！」

正直な話、縄張りを拡張していくヤクザの姿は古代、いや、幕末までの国のやり方をよく映し出している。

「懐柔」、「脅し」、「戦争」。

ヤクザにないとすれば呪術くらいなものだ。いや、ヤクザの事務所には神棚が祀ってあ

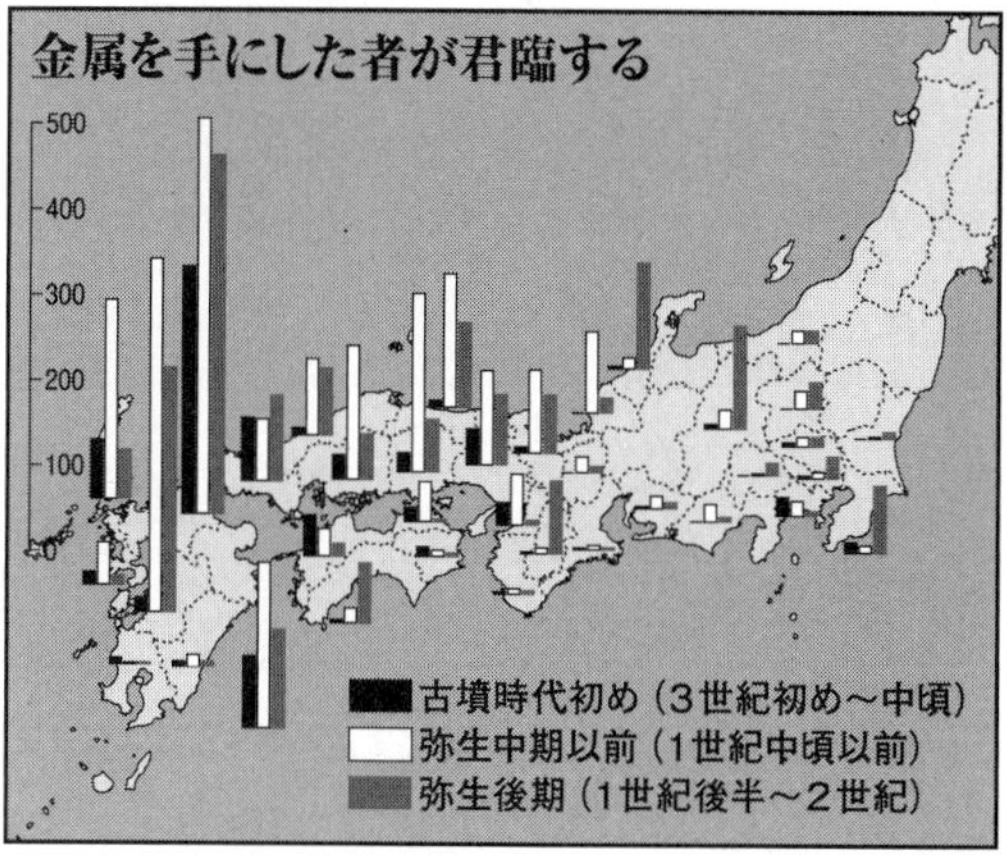

都道府県別の鉄器出土数。ナ国（奴国）は漢からもたらされた「最新兵器」で勢力を拡大した。（出土数の少ない都道府県は省略。参考／『日本の歴史02　王権誕生』講談社）

り、共同体を引き締める儀式としての神事は欠かせないものだ。むろん厳しい掟《おきて》があって絶縁、破門、解散、リンチ……してみれば現代ヤクザ組織は、封建制度の正しい後継者なのではないか、とさえ思ってしまうほどだ。

　そんなことをぼんやりと考えながら、望月は同時に、釈然としない思いを抱いていた。ステッキの柄頭に両手を重ね、うつむいて考え込んでいたが、すぐその顔を上げた。

「でも荒木さん。古墳を銅鐸や銅矛と同列に捉《とら》えるのはどうでしょうか。少なくとも古墳は全然性格が異なると思いますが」

　荒木は、意味が分からないといった顔をした。

「銅鐸や銅矛は配れば済みますが、古墳は長期にわたる大掛かりな土木作業が伴います。となればこっそりとはいかず、つまり周辺地域の王たちの承認がないと造れないわけです」

「……」

「たとえば」

と言って、望月は規模は大きいが大仙陵《だいせんりょう》古墳の例を出した。

この古墳は、別名仁徳《にんとく》天皇陵だ。五世紀初めの大王だとされているものだが、どのくらいの規模なのか？

大林《おおばやし》組の試算によると、一日二〇〇〇人の作業員で約一六年、工費はざっと八〇〇億円という代物である。

「出雲のアメーバー型古墳は、それより随分小さいのですが、今、あなたは出雲戦乱の世に出現しているとおっしゃった。が、ならば驚異的です。そう思いませんか？　戦争に熱中しているのに、どうやったら古墳造りにそれほどの巨財と人手を振り分けられるのです？」

「なるほど」

ようやく呑み込めたのか、荒木はそれに答えようとした。が、それを遮《さえぎ》って望月が続けた。

「出雲は絶対的な権力を持った大王が出た形跡がどうも見つからない。つまり王は、どれもどんぐりの背比べです。なのにアメーバー型古墳という同じスタイルの古墳が二〇〇年足らずの間に九〇基もできている。どうも妙な感じがするわけです」

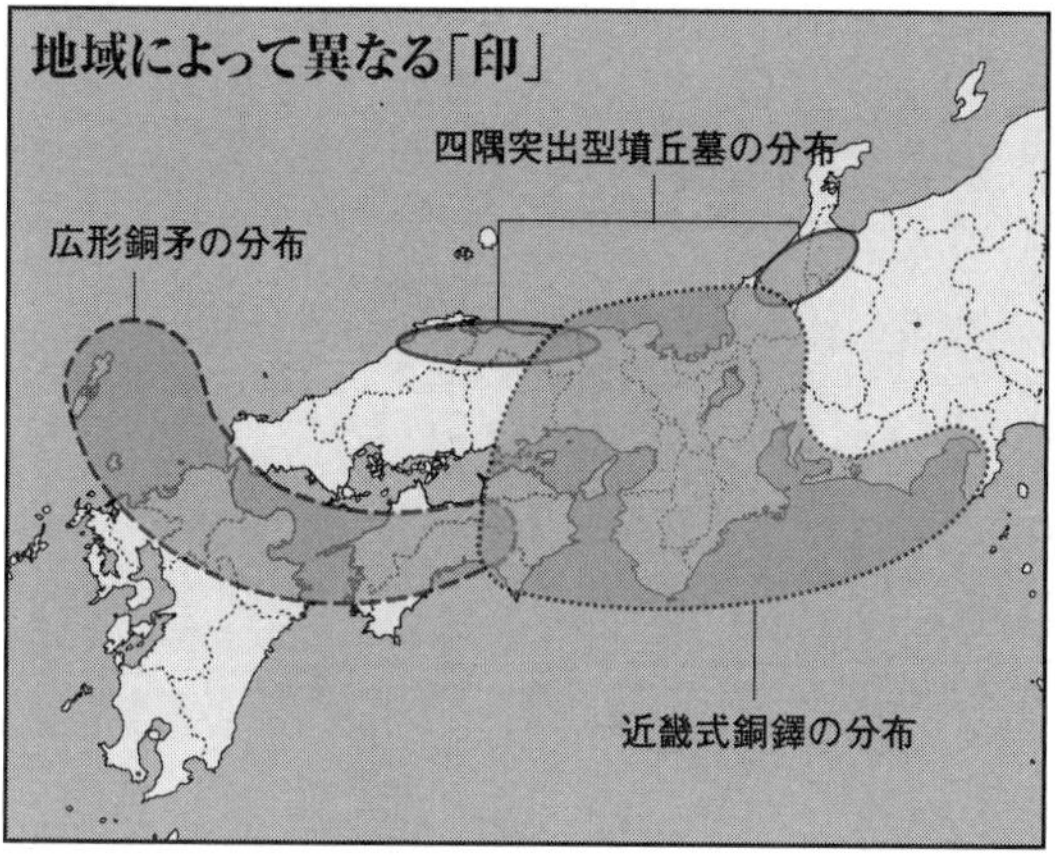

近畿圏には銅鐸が分布するのに対し、北九州圏では銅矛が多く見られる。銅鐸も銅矛も、国家の連合すなわち「支配」と「服従」の「印」であるとされる。

隣の村やクニ同士とが争っている。隙《すき》あらば、矢が雨霰《あめあられ》と降ってくる。狭い地域での戦争は近親憎悪にも似た遺恨が渦巻いている。怨念はめらめらと燃えさかっているというのに、疑問はなぜ憎しみ合う者同士が、四隅突出型古墳という共通のシンボルに群がったのかということである。

　普通の感覚なら冗談じゃない。俺は猿真似はしたくない。隣が四隅突出型ならこっちは三角だ、くらいの感情が湧き、地域の古墳はバラバラの形状になるはずではないかというものだ。

「分かりますか？　お互いに争っているのに、なぜ共通のシンボルを踏襲《とうしゅう》したのか？　ということです」

「先生は、古墳をご存じない。当時の王は、そんなケチくさい意識じゃないんです」

　荒木は笑った。これにはさすがに腹が立った。

「ええ、知らないのかもしれません」

すると望月の言葉を真に受けたのか、手取り足取り、基本的なことからしゃべり始めたのである。

——まあ言わせておきましょう……——

望月はゆっくり歩き始めたが、忌々《いまいま》しさはぞんざいなステッキの突き方に現われていた。

「日本の古墳の数は異常なんですよ、先生」

荒木は、小学生に聞かせているように話した。

細かいものまで含めると、古墳は二〇万基以上あるという学者もいるくらいで、これは世界でも類を見ない数だ。長さが一〇〇メートルを超えるものでさえ三二六基。北海道を除く列島にまんべんなく分散している。

隣のチャイナと較べても数は日本が圧倒している。チャイナの古墳は地域に集中しており、前漢時代などは都の長安《ちようあん》の郊外にぼちぼちと点在するだけだ。新羅でもやはり王都慶州《けいしゆう》の郊外に目立つ程度で、日本のような広がりはない。そんな話をくどくどしゃべったが、望月の知っていることばかりなので生返事で応じた。

「先生、日本の古墳のルーツはたしかにチャイナでしょうが、似て非なるもの。倭国特有の宗教観が大きく混じっています」

望月は当然という顔で頷《うなず》く。

「チャイナの埋葬施設は地下にあります」

ところが日本は墳丘の頂上部だ。とりわけ古墳時代の前半期、亡骸《なきがら》は圧倒的に頂上部に納められていて、これは倭国だけの宗教観だと強調した。

「要は高句麗あたりの風水《ふうすい》でしょうな。あちらは上から下まで貴賤《きせん》を問わず、とにかく風水に熱くなっている。それが倭国に伝染し、これまた倭国の呪術とミックスした。風水についてはお詳しいですかな？」

風水というきわまった神秘性が古代のチャイナ、朝鮮半島、倭国を覆っていた。そんなことはとうの昔に知っているが、その中身となるととんと詳しくはない。半分癪《しゃく》に障《さわ》ったが、あとの半分は訊いてみたいという思いも湧いていた。

帽子を取って汗を拭《ふ》いた。風は死んでいる。相変わらずの曇り空だが空気が蒸してきた。喉の渇きを覚え、急に冷たいレモネードが飲みたくなった。

それが伝わったのか、荒木が戻りましょうかと言った。

王たちの儀式

引き返しながら、それとなく水を向けた。

「今でも風水は廃《すた》れませんね。大金を投じてまで家を改造する人がいます」

「だいたい風水はですな」

宇宙は、すさまじい精気に満ちている、というのが基本的な考えだとしゃべった。その精気は風や水の状況によって常に動いている。

とりわけ地下水は重要だ。だから地面にこだわる。飛鳥《あすか》、藤原京、平城京、平安京、と目まぐるしく遷都《せんと》したのも、風水思想が政治に根付いていたからに他ならない。己の都が災難から逃れ繁栄できるかどうかは、その場所が持つ霊気次第であると言った。

「古墳もそうです」

荒木が続けた。

「造る場所を風と水に訊いたんですな」

古墳の上でシャーマンが踊り狂い、先祖の霊を呼び戻し、偉大な力を授かって敵に呪《のろ》いをかける。我が勢力にエネルギーを吹き込むのもシャーマンである。

「分かりますか？　古墳は単に王を埋葬する場所じゃない。パワースポットであり、古墳があって初めて王一族が繁栄し、戦争に勝てるわけです」

「古墳がなければ、何ごとも始まらない？」

「始まらないどころかクニすらありえない。王がいて初めてクニができる。古墳があってこそのクニなんです。我々が思うようなお墓という概念とはまったく違います。クニであり、過去であり、現在であり、未来です。だから王、自《みずか》らの威信をかけて己の古墳を造ったわけです」

「生存中ですね」

「当たり前じゃないですか」

歩みを止めずに嘲《ちょう》笑《しょう》した。

「ピラミッドもしかりで、自分の墓は自分で造る。己の眠りたい理想とする墓を造る。支配者とはそういうものです」

死ねば中で永眠し、次の王が古墳の上で儀式を行なう。新旧交代、世継ぎの儀式だ。呪術なくしてクニはありえなかった。古墳は戦争以前のクニとしてのアイデンティティであって、立派な古墳くらい造れなければ王として認められないのだと力説した。

何より古墳造営を優先させる。王はお互い、それだけは邪魔立てせずに認め合う。これならたとえ動乱期であっても、クニの数だけぽこぽこと古墳ができるのは自然だ、と荒木が真っすぐ前を睨んで頷いた。

へっぴり腰ではあるものの、合点がいく話ではある。

なるほど古代に明るい男で、心に古代の風景を再現させている点では兜を脱がざるをえなかった。

「日本で最初の前方後円墳《ぜんぽうこうえんふん》と言われている箸墓《はしはか》古墳は、実に面白い」

奈良にある例の箸墓古墳だ。例のというのは卑弥呼の墓の呼び声高い超有名物件だからである。

前方後円墳を少し説明すると、「方」というのは「四角」という意味だ。すなわち前方後円墳は前が四角で、後ろが円というスタイルを指すが、四角は地上を表わし、円は宇宙を表わしているという。

「ごたぶんに漏れず」

荒木がしゃべった。

「箸墓は宮内庁が唾をつけ、公開を拒んでいますが面白い現象が見られます」

副葬品である。弥生後期の吉備《きび》（岡山と広島東部）型の埴輪《はにわ》が見つかっているのだ。さらに他の地域、濃尾《のうび》平野（岐阜、愛知にまたがる平野）系の弥生末期の埴輪も置かれている。

吉備の埴輪は後円部に、濃尾平野の埴輪は前方部にと別々に置かれていることから、それぞれの王が独自の立場で箸墓古墳に深く関係しているらしいと述べた。

「つまり古墳というのは遠隔地のボスも参画していて、そこには別の違うものが見えます」

「というと？」

「円は天で天津神系、方は地で国津神系、前方後円墳は二大勢力の合体を意味します」

望月は啞然とした。心の何かが反応している。

「したがって、天が上ですから本来なら前円後方墳と言うべきですな。それはそれとして、各地の埴輪が並べられていたということは、列島各地に君臨している王と王との秘密の儀式が執り行なわれています」

「秘儀……」

荒木が、ここが重要だと言いたげに深刻な顔でしゃべった。

「古墳だけは、各地のボスの間で何らかの合意ある一定の秩序のもとに造っているんですな」

「つまり今おっしゃったように戦争中であろうが、古墳造りだけは邪魔しない暗黙のルールがあったと？」

「うかつに妨害すれば悪霊に祟られる。パワーの源である古墳だけは手出し無用の聖域で、そういった考え方は古代特有の概念です」

人目もはばからず列島中に何千、何万という古墳が出現したのは、そこにあらゆる類《たぐい》の超能力が備わっていると信じられており、現代人では思いもよらぬ魑魅魍魎《ちみもうりよう》、化け物の出現を恐れた世の中だったからだと語った。

吉備型の埴輪（特殊器台）

話は興味深く示唆《しさ》に富んでいて、次に銅鏡の使い方をしゃべった。

「埋納された銅鏡は、遺体によって鏡の面の向きが違います。遺体に向けているものもあり、それとは逆に背を向けているものもある」

「どういうことでしょうね？」

望月は歩みを止めて、目を荒木に向けた。

「これはですね」

強張った口元で言った。

「やはり僻邪《へきじゃ》です」

「僻邪？　怨霊《おんりょう》の封じ込めですか？」

荒木は神妙に頷く。そしてもともと鏡は光を反射させ、その光に魂を乗せて天に送る儀式に使っていたのだと言った。

シャーマンは古墳の上に登り、手に持った鏡を呪文と共に恭《うやうや》しく天に向ける。眩《まばゆ》い陽の光は鏡に跳ね返され大空へと吸い込まれる。その瞬間だ。死者の霊魂が光と共に天に送られるのは。

だからこそ、ほとんどの王墳の頂上には儀式用の石段、祭壇が造られているのだと、しゃべった。垢抜けぬ風采《ふうさい》だが荒木の口調は揺るがない。

埋葬した遺体の周囲に、銅鏡を置くのも同じ発想である。

一騎当千の兵《つわもの》でも悪霊は怖い。遺体を鏡の表面で囲むのは霊を封じ込め、そこから断固として出さないためだ。また鏡を破壊するということもやっている。あちこちの古墳かららわざわざ割った銅鏡が多量に見つかるのは、悪霊封じだ。

「殺した相手の呪いを封じるために鏡を破壊し、平和的政権禅譲ケースでは鏡を外に向けて魂を天に逃がすという二通りのことをやっています。それだけ怨霊に打ち震えていたんですな」

なるほどと思った。以前から望月も鏡の向きや破砕《はさい》鏡の意味を探っていたのだが、荒木の説は、耳を傾けるに値する。

たとえ戦時下であろうとも古墳造りだけはお互いに見守る。いや、むしろ敵味方なく「共に造ろうよ」という合意があった。だから出雲には数多くのアメーバー型古墳が存在するのだ。

「共に造る古墳」である。

「祭神の向き」の謎

「では、好きこのんでアメーバー型古墳にしたのは、どういうことです？」

と望月が素朴な疑問を口にした。

アメーバー型はBC一世紀くらいから三〇〇～四〇〇年にわたって造られたが、その後は突起した角《つの》のない、ただの四角い「方墳」になり、七世紀の古墳時代の終焉《しゅうえん》と共に製造がストップする。

「なぜ、こうそろいもそろって、ぴったりと形が一緒なんでしょうね。まるで建築基準法で決まっているようです」

と言うと、荒木は声を出してはしゃぐように笑った。望月の質問が、彼のプライドをくすぐっているのかもしれなかった。

「これは私の説です。いいですか、これは私以外の誰も口にしていないことでしてね」

と、もったいぶった。

「さっきも触れましたが、すべてが新羅系渡来人の古墳だからです。牛を神として崇《あが》める新羅のね」

アメーバー型古墳は新羅系のマーキングだというのだ。上空から見ると四つ脚の牛に見えるでしょうが、と顔を近づけて、さっきと同じことを言った。素人の果敢な挑戦である。

「出雲にはいろんな半島系勢力が均衡を保ちながら暮らしていましたが、紀元二世紀あたり、新羅の荒ぶる神、大親分のスサノオが登場して勢力拡大に動き始めたのです」

スサノオは龍神を崇める周辺の先住倭人部落を潰してゆく。さらに他の同じ四隅突出型古墳で連帯している新羅系のクニグニをも傘下に収める。そのエリアは、おもに西出雲だが、その後、東出雲を縄張りとしていた先住倭人、オオクニヌシと手を結び、出雲全体を手中に収めるが、間もなく死ぬ。

「オオクニヌシの先祖も新羅からやって来た新羅系、彼らは同族なんですよ」

小さな目をさらに細めて続けた。

「スサノオから出雲を任されたオオクニヌシは、別の渡来系、天津神に地上の支配権を譲り渡してしまいます。条件は『壮大な宮殿』の造営だった」

「その『壮大な宮殿』が、超高層建物である旧出雲大社というわけですね」

「そういうことです。ところがですな。『記紀』とほぼ同じ頃編纂された『出雲国風土記』のストーリーはそうじゃない。オオクニヌシは反逆している。天津神系に、出雲だけは渡せないと頑強に拒《こば》んでおりましてね」

「つまり？」

荒木は無意識なのだろう、寝癖で立った髪を手で何度も撫でながら間を置いた。

「出雲大社に祀《まつ》られているオオクニヌシの向きが違いますよね」

これは有名な謎だ。祭神が正面を向かずに、そっぽを向いているのだ。こんなへんてこな置き方は聞いたこともない。

「それと関係しています。そしてその謎は、出雲だけの特殊な参拝方法ともつながってくる」

「特殊？」

「神社は二礼二拍手一礼だが、出雲大社は……」

「ああそれなら知っています。二礼四拍手一礼ですね。四拍手儀礼はもう一社、大分県の宇佐《うさ》神宮。全国ではこの二社だけですが、その理由は謎です」

「さよう、隠し事は神社の仕事ですからな」

意地の悪そうな顔をした。

「聞きたいですか？」

「大いに」

「荒神谷には行かれました？」

「もちろん。埋められた三五八本の銅剣は圧巻でしたよ」

「その理由も知りたくないですか？」

「そりゃ……」


「なぜ銅剣は埋納されたか……」

思わせぶりに言って、じっと望月の顔を見据えた。

「ならば、ここから先は有料ということでいかがです？」

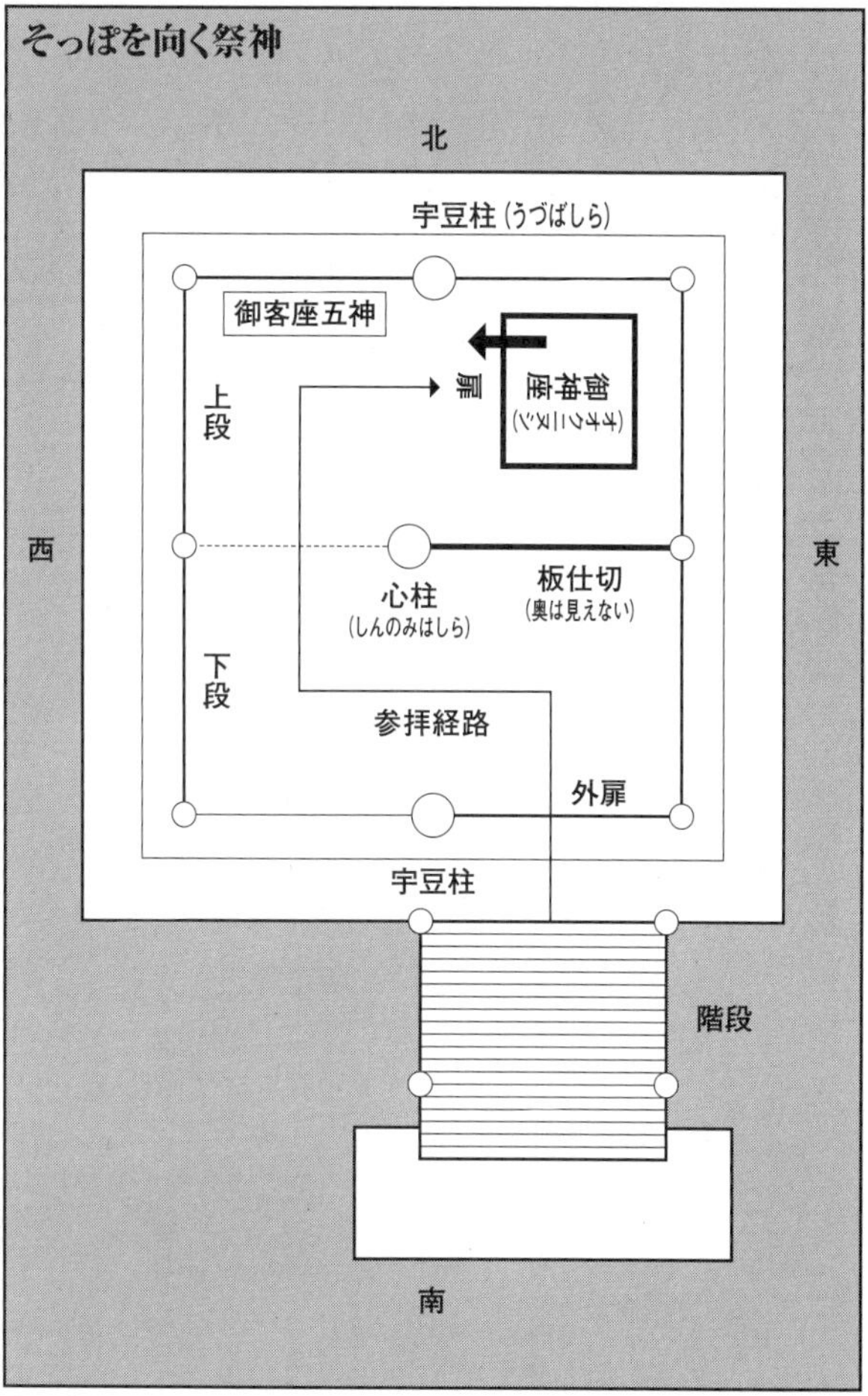

出雲大社本殿の平面模式図。御神座に祀られるオオクニヌシは、正面から見て左（西）を向いている。

望月は苦笑した。悪い冗談を聞いたこっちの方こそ、バツの悪い思いがした。だが相手はあくまでも真顔《まがお》だった。

「いろいろ費用がかかりましてね」

そう言うと、荒木は肩から下げている年季物の鞄の中から一冊のノートを出した。ノートというより、手製の綴《と》じ本のようなものである。

「先生」

荒木はその本を顔の横にかざした。

「これをネタにすると、確実に売れますよ」

「……」

「わずかな心付けで結構」

気に食わない風向きになってきた。望月は帽子を被り直し、ずけずけ押してくる男の表情を見やった。

「一〇〇万円で、どうです？」

「一〇〇万？」

血圧が一気に上がった。せいぜい四、五万円だと踏んでいたのだが、一〇〇万円とは恐れ入る。話に乗るべきではない。

「安いもんでしょう？　それだけで私の集大成、すべての知識は先生のものです」

なにが集大成だ。ずいぶんと面白くない話である。面と向かった下品な物言いに、これ以上関わり合いになるべきではないと悟り、はぐらかすように微笑んで否定的に首を振った。

「先生、調べているんでしょう？」

探るような目を望月に向けてくる。

「天皇がどこからヤマトに来たのかって。まったくもって大したテーマで敬服しているんですよ」

──どうして知っているのだ──

「そのために、あちこちとずいぶん嗅《か》ぎ回っていますよね」

気持ちが悪かった。言葉をくねらせながら、じわじわとプライバシーに割り込んでくる。

「我々には活動資金がいるんです」

──我々？　活動資金？──

「いったい、荒木さんはどういう方ですか？」

「まあ、我々のことを世間ではサンカ……」

途中ではっとした顔をした。うっかり口走ったといったふうで、さっと取り繕《つくろ》った。

「まあそれはそれとして、先生の調べている天皇の秘密は、私の中ではすでに到達していることでして、それがこのノートです」

望月はステッキに両手を乗せたまま、向き直った。

「先生、怖いですよ、そんな目つき」

茶化《ちゃか》す感じはなかった。

「刺されても、どうしてどうして追究を止めないまつろわぬ作家の目ですな。いやいや、先生の本は、コンスタントに売れている。手にする印税に較べたら一〇〇万円なんて安いものです。しかし先生は今、この場合はカネの問題じゃないと思っていらっしゃる。金で小説のネタをものにする、自分の姿勢が気に食わないんでしょうな」

「いえ僕などは、貧乏作家でありまして、とても手が届きません」

下に目を落とした。

「しょうがないですな。では吉田雅彦《よしだまさひこ》先生に話を持っていくしかありません」

――何！――

よりにもよって、一番癪《しゃく》に障る名前を口にした。

吉田は「歴史の鬼」と言われている熱心な学者だが、何かにつけて望月を槍玉《やりだま》に挙げる品性下劣な人物だ。

どこかの講演会場で一度会ったことはある。しかし挨拶《あいさつ》程度だ。その時も望月を睨んでいた。目の敵《かたき》にされる覚えはないのだが、あの男の何を刺激するのか、望月が本を出せば放っておかれたことはない。待ってましたとばかりに重箱の隅を突《つつ》き回し、学問的に立証されていない、これだから素人は困る、素人作家は歴史から出て行けなどとインターネットや雑誌の書評欄に投稿しては妨害するのだ。

――くそ――

望月は腹の中で罵《ののし》った。

あんなやつに持っていかれるくらいなら、無理して買ったほうが無難だとは思うが、見ずテンの一〇〇万円はさすがに尻込みする。

こういう時の自分が一番感心しなかった。他人にかき回される自分だ。軸がないから泰《たい》然《ぜん》自若《じじゃく》としていられないのである。そんな中途半端な自分を思い知らされるから、ますますもって、自分を小突き回す吉田雅彦という男の名前に虫酸《むしず》が走るのだ。

渋々覚悟を決めた。半額に値切ろうかと思った矢先に荒木が口を開いた。

「一〇万円でけっこうです。読んでからもっと価値があると判断した時点で、なにがしかの寄付をしていただければね」

荒木は自信満々で本を渡した。

家に戻った。

途中幾度かモレに電話を入れたが、相変わらず不通だった。

ユカにも念のために連絡してみた。二人は知らない仲ではないどころか、望月を介して三人で食事も共にしている。二度目に会った時などは大化改新を巡って激論を交わした間柄だ。

そのユカも心当たりはないという。目立たず無難に生きるタイプかもしれないけれど、心配になってきた。だからといって何かができるわけではない。放っておくのは望月の主義ではないが、仕事があるのでそうそうかまってもいられなかった。

夕食を終え、カフェオレを書斎に持ち込む。

待ちきれずに開いたのは、荒木から買い求めた手製の本だ。


二時間後、望月は本を閉じた。夢中でのめり込んでいたので目が赤く充血し、首と肩がコンクリートのように張っていた。

しかし、疲労などどうでもよかった。意図的な伏せ字や欠落箇所の多さから難解ではあるものの、決して雑学の吹き溜まりなどではなく、その裏には呪いがかかったような結論が待ちかまえていた。とんでもないことが記されている。茫然自失だった。思いもよらぬ暗示やヒントが大舞台で飛び跳ねており、望月は暗澹《あんたん》たる思いだった。

これは荒木一人で調べ上げたものではない。何人もの人間が関わっている。

たしか荒木は「我々」といった。そして「サンカ」とも。

サンカについては望月も聞いたことがある。五木寛之《いつきひろゆき》の『風の王国』や『鳥の歌』は題材をサンカに求めている。

うろ覚えだが、たしか古《いにしえ》より続く謎の集団である。書架を調べ、サンカの関係本を仕事机に積み上げた。


〈現代まで定住することなく、山間水辺を漂泊する特殊民群の代表的なもの。ミツクリ・ミナホシ・オゲ・ポンなどとも言う。西は九州から中国山脈、近畿中部から東は関東地方にも分布している。単純な生活様式で、セブリと称する仮小屋または天幕によって転々と移動し、男は泥亀《どろがめ》（すっぽんの異称）、鰻《うなぎ》など川魚を捕らえて売り、女は笊《ざる》、籠《かご》、筬《おさ》、箕《み》などの竹細工をする。これによって山農村と多少の交渉を持っている……〉

（民俗学研究所『民俗学辞典』一九五一年）


日本のジプシーだ。「幻の漂泊民」とも呼ばれている。そして他の文献にはこう書いてあった。

〈弥生時代、古墳時代から渡来人と同化せず、地下に潜《もぐ》った縄文人の子孫。戦後、戸籍を持ったが入籍を嫌って少数は同化せず、現代でも全国に紛《まぎ》れ込んでいると思われる。サンカは秘密の掟を作り……〉

——荒木は現代に紛れ込んでいるサンカなのか……——

望月は遠くを見透かすように目を細め、呪文のように呟いた。

——サンカ……縄文人……——

4　スメラミコト

望月は、いつもの取材鞄を転がして家を出た。

品川《しながわ》駅構内で弁当を買う。野菜中心、精進《しょうじん》料理に近いものだ。一応、メタボリックは気にかけている。しかしその基準は大雑把《おおざっぱ》だから、単なる気休めに過ぎない。

自分の座席に納まってほっと息を吐く。文明とは「無益な必需品」を限りなく増やしてゆくことだが、新幹線はいい。

ドアが閉まり列車が動き出す。そこでまた安堵する。車掌がやって来て切符の検札が過ぎ去ると、呆れるくらいの寛《くつろ》ぎがじんわり満ちてくる。

お茶を呑み、いよいよ弁当に取り掛かる。愉悦《ゆえつ》のひと時だ。日頃の雑事が一切届かない車両、独立性は際立っていて、鉄のカプセルが、時空を超えた世界へと誘《いざな》ってくれるのである。

人間は何のために生きているのか？　人によってまちまちだが、望月はこの浮き浮きとした取材旅行と駅弁のためではなかろうかと思うことがある。他人からはささやかな楽しみに見えるかもしれない。しかし本人にとっては申し分ないひと時なのだ。

荒木ノート。叩きつけるような遠慮のない推測と大胆な分析は示唆《しさ》に富み、多くの新しい連想を生んだが、締めくくりの文だけはどうも意味不明だった。

〈天皇のルーツは「君が代」の詩に秘められている〉

「君が代」というのは、むろん国歌のことだ。

君が代は
千代に八千代に
細石《さざれいし》の
巌《いわお》となりて
苔《こけ》のむすまで

口ずさんでみたがぴんとこない。いったいこの詩と天皇がどう結びつくのか？

――細石、巌、苔……――

要領を得ない話だ。読み返してみると、荒木ノートはかなりの部分が尻切れトンボになっていてしかも粗《あら》い。パソコンの説明書を読んでも動かせないのと一緒だ。邪馬台国の場所、倭国の成り立ち、天皇の正体……もう一度きちんと最初から時間を費《つい》やし、穴を埋めながら組み立て直すほかはない。

半島と列島の間

望月が長年、思い描いていた古代の幻影はおおむねこうだ。

倭人は対馬《つしま》海峡をまたいで暮らしていた。南は朝鮮半島にかなり食い込み、北は九州北半分まで領域を広めている。季節風さえ知れば、我々現代人が思っている以上に往来は容易だ。

遣唐使などは命懸けで、生存率は五分五分だなどというが、それは誇張ではないだろうか？　自分たちがいかに危険をかいくぐってきたかという留学生のホラ話、己《おのれ》の留学価値を上げるための大言壮語。そうでなかったら、五分五分という数字はそのまま居残った亡命者、チャイナの女と駆け落ちした留学生、陸路を歩いて強盗に遭《あ》って帰国できなかった人の数が入っているはずだ。

九州から壱岐《いき》が見え、壱岐から対馬が見え、対馬から朝鮮半島が見えるのだ。古代人を見くびってはいけない。海人《あま》にとってせいぜい四、五〇キロの島伝い、有視界航行など朝飯前である。

倭寇《わこう》と呼ばれたふんどし一本の日本人海賊たちを見るがいい。北九州、壱岐、対馬を根城にしていた倭寇は自由自在にチャイナ、朝鮮の沿岸に出没し、甚大《じんだい》な被害を与えていたではないか。時代は室町《むろまち》と新しい時代だが、当時の船も古代船も基本的に変わらず、五分五分という危険な確率なら出張ってゆくはずがない。

BC一〇世紀のヨーロッパに例をとれば、ギリシャが地中海を縦横無尽に行き来して、数百キロ先に植民地をやたらに拡大しているし、BC三世紀にはローマ軍がシシリー島から八〇キロも離れたアフリカにあるカルタゴとハデに交戦しているのだ。それを思えば対馬海峡などわけのない話だ。

たとえ古代船であろうと、冬、朝鮮から吹く風を読み、夏、朝鮮へ向かう風を知り、海流さえ摑《つか》めば一〇〇キロ、二〇〇キロの連続航行は可能なのである。

もっと言えば対馬と朝鮮半島の間はたった五〇キロだ。イギリス、フランス間に横たわるドーバー海峡と距離はほぼ同じで、こちらは女性を含め、すでにけっこうなスイマーが泳ぎ渡っている程度のものである。

望月はここに至って完全に頭を切り替えた。名人芸でも何でもなく、古代の海人は山手《やまのて》線に乗る感覚で、いとも簡単に対馬海峡を行き来していたとイメージすべきなのである。

そう考えると縄文の世からひょいひょいと船で飛び回り、両沿岸には倭人と朝鮮人ががたむろして、同じ文化圏をゆるやかに形成していたというのは、すでに考古学的な市民権を得ているのだが、果たして朝鮮人だ、倭人だという区別がつくだろうか。

上代の昔から五〇〇年、一〇〇〇年と下るうちに交配につぐ交配で縄文系と朝鮮系のミックスが倭人という戦いに長《た》けた人種を造り上げていたのである。いやいや朝鮮系という言い方だっておかしい。半島は北方騎馬民族や漢族をはじめとする、あらゆる部族、民族の吹き溜まりだ。それを朝鮮系と一つに括るのは、まったく事実を誤認する。

稲作がポピュラーになり、朝鮮半島に動乱が起きると、のどかな風景が一変する。列島への見方が変わったのだ。

半島は水が少なく、日照りが多い。一方日本は初夏の梅雨《つゆ》があり、秋の長雨があって稲作にはもってこいの気候なのである。なにより半島は危険なのだ。

現代風に言うなら列島の地価が高騰し、名うての地上げ屋が殺到した。こんな感じだ。

BC四世紀あたりである。そして新天地、九州での争いが頻発《ひんぱつ》し、有力勢力が入れ替わる。陣太鼓を鳴らしての町村強制合併が進んでクニになってゆく。

BC一世紀、九州、出雲、近畿、岡山におおよそ一〇〇を超えるクニグニが出現するが、それでも渡来人の移民は止まらず、ますます大量かつ波状的にやって来る。

彼らは列島各地に浸透し、渡来人どうしが和戦を繰り返しながらも、有力豪族へとのし上がってゆく。

大王の誕生

列島各地に林立する「王」。渡来系、先住倭人系、我こそは「王」なのだと競《せ》り合うことをやめない。飽くなき領土拡張と縄張り争いは、やがて王の中の王、大王への飢《かつ》えへと変貌する。

強い王が地域を統合すると、今度は離れた強い王との争いへと発展する。たとえば出雲勢力と近畿勢力が戦うというようにだ。

しかし、ここで我々現代人には一つの疑問が生じる。

近畿、出雲間は直線距離でも三〇〇キロはある。果たして古代の軍隊に移動可能な距離なのか。

当時の記録は倭国にないから、ローマに求めてみる。たとえばBC二世紀、ローマ帝国は今のフランスはおろか、遠く一五〇〇キロ離れたポルトガルまで征服しているのである。

ローマ帝国には馬があったから可能だったと言う人がいるが、そういう人はおそらく戦争というものを知らない。戦争は歩兵《ほへい》が主だ。すなわち移動空間はあくまでも徒歩での距離、ということになる。

一〇〇〇キロだろうが二〇〇〇キロだろうが、補給がしっかりしていれば歩兵の移動に何ら支障はない。九州、近畿間も同じだ。距離にして約五〇〇キロ、古代人でもその気になれば支配可能な範囲なのだ。

さらに言えば、AD三世紀、近畿の古墳から馬具が出てきている。木製の鐙《あぶみ》だ。鐙というのは鞍《くら》から垂れ下がって、足を入れ置く輪っか状のもので、発見されたものはかなり磨《ま》耗《もう》している。相当乗り込んでいたに違いなく、三年、四年ではきかないはずだ。

もともと列島には馬がいなかったから、輸入したのである。となるとその頃、それだけ大きな船があったという証《あかし》になる。馬の輸送を考えれば二〇～三〇メートルという大型船が頭に浮かぶ。

馬の輸入は一つの大事件だ。馬のパワーは圧倒的で、騎馬は歩兵に勝つというのは常識だ。上から見下ろせば心理的に優位に立てるばかりか、何と言っても武器は、あの手心なしの勢いだ。

怒濤《どとう》のごとく大地を蹴《け》って押し寄せる騎馬。いったん走り出せば怖《こわ》いもへちまもない。やけ糞《くそ》である。突っ込むほかはない。真正面から押し寄せるあの狂ったような勢いに怖気《おじけ》づかない歩兵はいない。それで終わりだ。勝負は一瞬でつく。

大王を目指す人物は、馬の独占を目論《もくろ》むはずだ。やがて馬と鉄剣をものにした勢力が近畿に誕生する。時期としては三、四、五、六世紀と定まらず、この辺の風景もまことにはっきりしない。我が列島は六世紀まで霧の中と言っていい。

王権が目指した地

新幹線は畿内に向かっている。

昔から畿内には違和感があった。違和感の源《みなもと》は、なぜヤマト朝廷は畿内に出現したのかという疑問だ。

候補地だったら朝鮮半島に近い北九州だって、作物豊かな出雲だって、岡山だって、関東だってあっただろうに、なぜ畿内なのか？

そこには、畿内が独壇場になった鮮やかな理由があるはずだ。

「畿内」の「畿」というのは、皇居という意味だ。『広辞苑』によれば、畿内とは歴代皇居が置かれた大和《やまと》、山城《やましろ》、河内《かわち》、和泉《いずみ》、摂津《せっつ》の五カ国のことを指している。もし皇居が九州なら九州が畿内と呼ばれ、出雲にあればやはり出雲が畿内となる。

「畿」は皇居だから「近畿」とは「皇居の近く」という意味なのだが、それにしてもなぜそれが奈良近辺でなければならなかったのか？　しつこいほどそう思う。

果たして奈良は地政学的に最良の場所だったのか？

望月は首を傾《かし》げる。

まず東だ。蝦夷《えぞ》などと呼ばれる生粋《きっすい》の縄文人が、抵抗勢力として刀を研《と》ぎながら砦《とりで》を築いている。

近代的な軍備調達という観点はどうか。

鉄剣、鎧《よろい》は自前の製造には限界があり、どうしても本場の大陸、半島の鉄を頼らざるをえない。しかしルート上には北九州族や出雲族という海戦を最も得意とする勢力が、がっちりと制海権を握っている。こうなると近畿勢に分《ぶ》はない。武器搬入ルートは断ち切られている。

地政学的に最良とはいえないエリアだと思うのだが、しかし近畿は確実に力をつけ、全国を制圧しているのだ。

「畿内」の「畿」が「王の住む都」を指すことから、「畿内」とは「皇居周辺地域」のこと。古代日本では上図の5国を「畿内」とした（和泉国は716年に河内国から分離）。

望月はもう一度こう推理してみた。

北九州、出雲、近畿、岡山、この四つを較べ、一番力をつけやすいのはどこなのか？

北九州だろう。何と言っても壱岐、対馬というチャイナにつながる重要拠点を、北九州が押さえている。鉄剣、鎧、馬を手に入れやすく、早くから渡来人に翻弄されているから戦闘には慣れている。

北九州勢力の戦闘能力は数段高いとみていい。おそらく百戦連勝だったのではなかろうか。

とすれば、ほどなく強大になった北九州勢が進軍し「畿内」に割って入ったとしか考えられないのだ。そのまま畿内に腰を下ろし、巨大になってゆく。すなわち九州から近畿への劇的な遷都《せんと》があった、というのが望月の考えだ。

これは多くの学者が否定する『日本書紀』にある磐余彦《いわれひこ》、いわゆる東征《とうせい》物語というやつで、しかしそれがなければ、「畿内」が「畿内」になれるわけはないと思っている。

ここまで考えが及んで、なるほどと思った。つまり遷都した後も、本体は支店機能を北九州に残し置いたままで、チャイナへの道筋はついているのだ。だからそのルートを使って武器を仕入れ、畿内がますます強大になっていったのである。

まあそこまでは納得している。しかし東に行った理由がクリアではないのだ。

何に惹《ひ》かれて九州勢力が奈良を目指したのかということだ。金《きん》がごっそりと発見されたのか？　米が夢のように穫《と》れたのか？　ありえない。

だがしかし、ある時期、奈良周辺に腕っぷしの強い豪族たちが約束したように、ぽこぽこと出現しだす。なんと言うか激戦区の様相すら呈しており、このことが奇怪なのだ。

いったい奈良に何があったというのか？

望月はいつの間にか弁当を食べ終え、手で弄《もてあそ》んでいるペットボトルに気づいた。窓からぼんやりと風景を見ながら、お茶を呑む。

初めて「天皇」を名乗ったのが、八世紀の天武だ。名乗ったというより、発明したと言うべきだろう。実際すごいものを発明したものである。

初めて天皇を名乗ったにもかかわらず、天武は自分で第四〇代の天皇だと言い出した。で、初代が必要になってくる。で、神武《じんむ》という存在を捻《ひね》り出したのだ。むろん考えたのは天武だ。神武の即位はBC六六〇年になっている。

望月は思わず、お茶を噴き出しそうになった。可笑《おか》しすぎる。

一般的に文字は仏教と共に来た（AD五三七年）となっている。ならば、BC六六〇年に「神武」という字は存在しない。いやいやもっと言えば、家系図だってなかったはずだ。文字がないのだから。

にもかかわらず天武本人、あるいは編纂関係者は、彼らの一三〇〇年前に生存した先祖の名前と生存年数ばかりでなく、『日本書紀』を読めばわかるが、その後三九代にわたる祖先の長ったらしい名前と生存年数、さらには結婚した相手、あるいは主な履歴なども丸暗記していたことになる。

そんなことが可能であろうか？

不可能だ。我々のことを考えてみればいい。五代前はおろか、曾祖父母の名前や生年月日すら諳《そら》んじている人はいまい。まして今から一三〇〇年前といえば奈良時代だ。自分の三九代前の先祖など……どう逆立ちしても無理というものだ。

神武のカムヤマトイワレビコノミコト、別名ハツクニシラススメラミコトという長い長い名前も暗記しているし、BC七一一年の一月一日生まれであり、BC五八五年三月一一日に一二七歳で死去したことも覚えている。さらに父はヒコナギサタケウガヤフキアエズノミコト、母はタマヨリヒメノミコトであり……高天原から……とまあ履歴までぜんぶ分かっている。

百歩譲って仮に恐ろしく記憶力のいい人物がいて、三九代にわたっての故事来歴を丸暗記していたとしよう。ではいったい、その人物は、誰からその長い長い来歴を口移しに教わったのか？　おそらく一日中一月しゃべってもおっつかないはずである。いや、そもそも何代目から暗記しようなどと思い立ったのか？

――文字がない時代、どうやって記録していたのだ？――

望月は一人で突っ込みを入れ、残りのお茶を呑み干した。

とにかく天武が、己は四〇代目だと火を点《つ》けたからには、遡って神武までばたばたと四〇人も天皇に成り上がってしまったのである。逆バンジー、オセロ・ゲームである。

初めてだろうが何だろうが、名乗ったからには後戻りはできない。

徹底的な演出が必要だ。

各地に伝わる神話をごっそりと集め、さらに捏造《ねつぞう》に捏造を重ね、加工に加工を施《ほどこ》し、実際にあったであろう事実と合わせて新作童話を紡《つむ》いでゆく。

その集大成が『古事記』、『日本書紀』だ。

だから『記紀』は単なる他愛ない童話ではない。練りに練った天下盗りの洗脳ツールだ。文字を軽んじてはならない。文字は人の頭の中に侵入するや否や、事実として定着してゆくのだ。そして成功した。

火星に探査衛星を飛ばし、DNAの解明がほぼ完了しようとしている二一世紀においてさえ漫然と天皇は神話の世界に漂《ただよ》い、一億二〇〇〇万人の日本国民とはまったく異なる扱いを受けているのである。地価数兆円という首都のど真ん中に居を構え、いかなることがあっても逮捕されない、という身分保障は神のごとき存在である。その虚を暴いても、なおわれわれは、舞台の書割《かきわり》の残像の中にいる。天武だってこんな未来になるとは想定外も想定外、驚天動地のはずだ。その発端は『記紀』であり、天皇はまことに物持ちのいい武器を手にしたものである。

見えない力

望月の疑問は畿内政権の誕生の謎と相俟《あいま》って、もう一つ見えないものがあった。

天皇という独特なポジションがなぜ発明されたのか、ということだ。

どういうことかというと、天皇の軍事力は、歴史的に見てもさほど強くはない。むしろ弱小である。当時、「畿内」には、蘇我《そが》、物部《もののべ》、中臣《なかとみ》、河内《かわち》、葛城《かつらぎ》、あちこちにそれこそ屈強な豪族がはびこっていて、歯の立つ相手ではない。しかし天武以後の豪族たちは真正面から天皇を粉砕し、その座にとって代わろうとしてはいないのだ。

むろん抑制がきかずに、身もだえしながら天皇に躍りかかった例もあるが、それはどことなくおおっぴらではなく、人知れず闇に紛《まぎ》れての暗殺だったり、やる方だって己も天皇だと名乗ってみたりで、どうにもできそこないのへっぴり腰である。白昼堂々と引っ捕えて縛り首や火刑に処したヨーロッパ諸国とは、えらい違いだ。

なぜ天皇は抹殺されなかったのか？

時の権力者なら首を刎《は》ねることなどたやすいはずだ、と思うのだがそうはせず、政権はおおむね天皇と共同で維持している。

この理由も荒木ノートには書かれており、望月が長年胸のうちにしまっておいたものと共鳴した。

ヒントは政権の合作だ。

すなわち天皇は、武力以外のものを持っていたということになる。それは何か？　どう頑張っても武人がたじろぐものである。

呪術だ。それしかない。

天皇は他の大王とは違って呪術一本で身を立て、頂点までのし上がってきている。これが荒木ノートの指摘であり、望月もそこに目の覚めるような共感を覚える。

科学に埋もれている我々現代人には縁遠い話だが、やはり古代は霊媒に囲まれた世界だ。

霊魂は万能であり、政治、軍事、病気、事故、天候、作柄、結婚、妊娠、子供、何から何まで霊が作用し、森羅万象《しんらばんしよう》の根本原因であった。

その霊魂を自在に操《あやつ》るのがシャーマンだ。太鼓、笛、鉦《かね》、鈴をうち鳴らし、催眠状態で予言を口走る。南米やアフリカでは薬草や酒、大麻に似たものも吸う。人を呪縛し、村を拐《かどわ》かす。今なら危ないカルト教祖である。

だからといって冷ややかな目を向ける必要はない。国家形成の初期段階ではほぼカルトのボスが権力を牛耳《ぎゆうじ》る。そういう神権政治のプロセスを経て国家が造られてゆくのである。それが歴史というものだ。

呪術界を束《たば》ねる最高霊媒師。まさにこれが古代天皇の姿である。

霊媒師だからこそ神話を必要とし、自分の祖先は神だと名乗ってカリスマ性を補強する。そうでなければ、妖怪まがいの神話など必要性がない。

「スメラミコト」とは、むろん天皇のことだが、「スメラ」とは「澄む」であり、「神聖な者が住む」という意味だ。そして「ミコト」は「御言葉」だという説がある。

語源はともかく、「神の言葉を伝える存在」、「最高霊媒師」がスメラミコトなのである。

そこからスメラギ、スメロギという言葉が派生する。スメロギとはアマテラスに始まる天皇系の代々の総称にもなっているのだが、稀代《きたい》のシャーマンである。

シャーマンのボスは一定の勢力を持ってはいるものの、他の武力立国の王とは様相を異にしている。もともと他の王のために祓《はら》い、占い、呪い殺すことを仕事としているからだ。

世が乱れ、天地が定まらなくなった時が最大の出番となる。クニグニがにっちもさっちもいかない場合には、スメロギを臨時の大王に押し上げて切り抜けることもある。

『魏志倭人伝』には、その鮮やかなサンプルがある。卑弥呼だ。

国が荒れ、まとまらないのでシャーマン卑弥呼を王にしたらうまくいった、と書かれている。卑弥呼が死に、男王が立つとまた世が混乱した。それで今度は再び卑弥呼と血縁関係のある一三歳の「壹與《いよ》」という女の子を擁立した。するとまた平和になったとある。

世が荒れ、収拾がつかなくなるとシャーマンを擁立する。それが倭国の感覚だった。

壹與の後、シャーマン界を掌握したのは男だ。それを仮にXとしておく。

頭脳明晰なXは骨の髄までシャーマンではあるものの、その地位に甘んじることはなかった。身分をわきまえながらも情勢を見極め、巧みに時代をすり抜けてゆく。時には神のお告げだと称しては豪族と豪族を戦わせ、時には油断なく豪族との婚姻を重ねては血縁を固めてゆく。

一方の豪族も、霊力が一族に宿る婚姻を歓迎した。

大昔、安泰を保障するものは一、霊魂、二、武力、三、血縁だ。

Xはこうしてあらゆる権謀術数を習得、駆使しながら次第にのし上がってゆくのである。大した智恵者である。

しかしXは一流のシャーマンであるがゆえに、決定的な武力は身に付けられない。武力増強をはかった時点で、たちまちシャーマンとしての力を疑われるからだ。

「おや、武力に頼るなど霊力が弱いからなのか？」

というわけだ。

武力を持ったXなど警戒されるだけで、いいことはない。したがってシャーマンXは丸腰で他の王と、常にくっつき結託せざるをえない宿命を負っていたのである。

だが林立する王たちのバランスの上に乗っていたXは、ある日、ついに「武」をものにしたのである。

「天」を司《つかさど》るシャーマンが「武」をも握った。それがまさに「天武」である。

「天皇」の発明。

これが荒木がノートに記した天皇誕生のエピソードの断片だ。望月はこの断片に、そこはかとない潔さを感じた。

日本最古の神社

奈良は邪馬台国の有力な候補地だ。

とくに奈良盆地の東、桜井《さくらい》市に広がる纏向《まきむく》遺跡は、近年たて続けに話題をさらう古代史のハリウッドだ。

二〇〇七年秋、纏向遺跡の溝から紅花《べにばな》花粉が見つかった。メディアが派手に騒いでいたから望月もよく覚えている。これぞ邪馬台国女王、卑弥呼が使った紅ではないかというのである。

あまりのはしゃぎように、半信半疑で新聞を読んでみると、馬鹿馬鹿しくて怒る気にもなれなかった。

こんな調子である。

発見された紅花の色素というのは花粉の中のたった一パーセントにすぎないのだが、当時の紅花の価値は金に匹敵する。それだけ高価な紅だから、きっと相当な地位の者だろう。ゆえに卑弥呼ではないかというものだ。ただそれだけである。しょうもない話である。

愚にもつかない卑弥呼騒動より、望月は紅花そのものに注目した。

紅花はキク科の花だ。原産地はエジプトなのだが、それにもまして加工技術が難しい。

ということはエジプトの加工技術も一緒に入ってきたということになる。

纒向紅花の発見は遥《はる》かエジプトの技術がペルシャ、チャイナと通り抜け、三世紀中には奈良にもたらされていたという証左で、ヤマト創世期に間接的ではあってもエジプト文明とのつながりを見出せたことの方が感激だった。

紅花騒動はこうして意外な感動の小波《さざなみ》を望月の胸にもたらしていたのだが、どう控えめに見ても纒向遺跡は重要だ。


ホテルに荷を預け、まっさきに足を向けたのは大神《おおみわ》神社だ。ＪＲ桜井線、三輪《みわ》駅から歩いて五分、纒向遺跡を北西に見下ろす斜面に、その姿を現わす。

説明書には日本最古の神社だとある。むろん建物のことではなく、祈りの対象は四六七メートルの三輪山だ。周囲一六キロ、形のいい円錐形だが、凜《りん》としていて見るからに他の山々とは色合いが違っている。

この三輪山こそ縄文人の霊山だったのではないだろうか。ある時、倭人勢力と入れ替わったのだが、それはさておき、山そのものが神、カンナビであるがゆえに、今でもご神体を納める社殿はない。あるのは拝殿のみで、そこを通して山に手を合わせるのだ。

水を打ったのか、山裾の道路が黒く湿っていて陽炎《かげろう》が立っていた。早くも気温が上がっている。

「二の鳥居」をくぐったあたりから、そろそろ神秘が漂い始めた。太い杉が両脇に林立し、時代は一気に古くなる。

けっこうな上り坂だ。夫婦岩《めおと》を左に見、さらに進むと灰色の石段がある。緩《ゆる》やかだが息が上がる。途中で止まって心臓を休め、一呼吸おいてから再び上り始める。一段一段、ステッキを突くたびにガシッ、ガシッという周囲に轟く確実な残響が時代を遡ってゆく。見上げると、大きなシメ縄が出現し、さらに一歩、また一歩と踏みしめると、向こうに拝殿の屋根が少しずつ迫《せ》り上がってくる。

神話の世界は、もうすぐだ。

太古の昔、神が三輪山に降臨し、蛇に宿ったという伝説がある。

三輪山の蛇は「巳《みー》さん」と呼ばれ地元に親しまれているのだが、拝殿の右に「巳の神杉」と呼ばれる古木がある。その杉は智恵あるものとしてそこに存在し、今にも何かを語りかけてきそうだった。

とにかく一帯の霊気が尋常ではない。たどり着いた瞬間に、縄文人が龍蛇神にひれ伏す理由を悟った。否《いや》も応《おう》もない。のたくりまわる龍蛇のパワーをまともに感じるのである。

龍をチャイナから伝来したものと捉える人がいるが、誤解だ。全然別物である。あちらさんは皇帝の守護の役を仰《おお》せつかるパワーの象徴だが、縄文人の龍は神の化身に他ならな

纏向遺跡から見上げた三輪山（上写真）。縄文人の霊山として、蛇神信仰で知られる。下写真の大神神社はその三輪山をご神体とし、オオクニヌシを祀る。

い。だからこそ土器に龍蛇を表わす縄を押し付け、縄文土器を造っては神聖な儀式に使ったのである。

それを思うと「縄文式土器」という面白くもない呼び方ではなく、「龍蛇神土器」と名づけるべきものではなかったか。

大神神社と書いて何と読むか？

普通ならオオカミ神社だろう。しかしここではオオミワなのだ神社だ。

有史以前から、最高神の神社は唯一ミワ神社だ、という自負があり、大神＝ミワなのだ。

ミワという漢字は現地に行くと三輪や美和などとも書かれてややこしいのだが、字面《じづら》にとらわれてはいけない。何度も述べるように漢字は音写したもので、こういった場合、漢字に大した意味はない。むしろ単純に音としてとらえると却《かえ》って見えてくるものがある。

たとえばミワ山とカタカナに書き直してみれば、やはりそこには蛇を表わすミ（巳）が入っていることに気づき、ああやっぱりここは蛇の山なんだと理解が早まる。

ところが『日本書紀』には、三輪山ではなく三諸山《みもろ》（御諸山）になっている。

どちらが本当だろうか？　この界隈《かいわい》はミワ族の縄張りだから、ミワ山の方が正解だ。しかし、それではヤマト朝廷の具合が悪かったのだろう、三諸山に変えたのである。要は後の権力者がこの山をミワ族に独り占めされたくなかったのだが、名前は変えても「ミ」だけは消せなかった。「ミ」は蛇神だから、消せば災《わざわ》いが起こる、と感じて消せなかったのだろう、それでミモロと入れ込んだ。『記紀』には、こうした目くらましの小細工がたくさんあって、その小細工を見破るのも一つの楽しみと言えば楽しみだが、あまり引きずられると胸糞が悪くなる。

　拝殿の印象は力強い。造営は四代将軍徳川家綱《とくがわいえつな》の時代、一六六四年である。由緒正しい拝殿正面には、黄金《こがね》色の菊の紋章が打ってある。参拝を済ませた望月は、奥にある建物内部に目を凝《こ》らした。

　しかし望月が気になったのは、後ろの壁である。何かが気持ちを引きつけているのだが、よく見えない。視力に自信のない望月はステッキを掲げ、柄《え》に仕込んである望遠鏡を右目に当ててみる。凝視した。

　——うん？——

　彫刻が壁に納まっている。動物のようだ。顔は鹿のようでもあるが首は完全に龍だ。そして背にあるのは亀の甲羅だろうか、体は馬に見える。へんてこな生き物である。

近くを白装束の宮司《ぐうじ》が通りかかったので、すかさず訊いた。

「すみません。あれは何ですか？」

　中年の宮司は望月を見、それからステッキに目を移した。表情が一変し、驚いた顔で望遠鏡になってるのですか、と訊いた。

「ええ」

「たまげたなあ」

すっかり望月の質問を忘れている。

もう一度、丁重《ていちょう》に訊いた。

「ああ、あれですね」

と視線をやった。

「龍馬《りょうま》です」

「龍馬！」

面食らった。

――坂本《さかもと》龍馬……――

奈良に来て、すっかり幕末は遠ざかっている。ろくに考えたこともなかった。望月の二作前の作品は龍馬もので、龍馬暗殺の謎に迫った作品だが、書いている間中、いったいぜんたい龍馬という奇怪な名前は、どうして生まれたのかという思いはずっと胸にあった。

なぜ怪獣の名前をつけたのか？

当時、縁起のよい名としてポピュラーだったのかとも思ったが、違うはずである。それなら、他にもっと龍馬という名の武士がいてもよいはずだが他に聞いたことがない。

巷間《こうかん》噂されているように赤ん坊の龍馬は毛深く、背に馬のような鬣《たてがみ》があったから親が面白がってつけた、などという陳腐な理由でもなさそうだ。もっと崇高《すうこう》な志《こころざし》やゲンをかつぐのが親心というものだ。そう蟠《わだかま》っていたものの、探索はそこで終わっていた。そのヒントが突然、目の前に降って湧いたように現われたから面食らったのである。生まれて初めて見る龍馬の彫り物。大発見である。

――龍馬の名づけ親は、ここでこの彫刻を目撃したのだろうか……坂本龍馬が大神神社とつながっている。祖先はミワ族なのか？――

目の前にある龍馬像が望月のもやもやをひと薙《な》ぎし、もう一つ、なにやら別のものが見えそうだった。だが、それ以上何もたどり着けなかった。

新鮮な驚きを残し、その宮司に頼んで拝殿の裏側に回った。

世にも珍しい「三ツ鳥居」である。真ん中の大きな鳥居を挟んで、両脇に少し小さめの鳥居が二つ。たしかに鳥居が三つ横に傅《かしず》いている。

だが鳥居の由来と成立は、秘密で明かせないのがここの決まりだという。宮司は実のところ、誰も知らないだけなのです、と言ってくすりと笑った。

「写真は禁止です、鳥居はだめです」

甲高《かんだか》い声が背後で聞こえた。振り向くと風采《ふうさい》の上がらない係が写真を撮ろうとしている年輩夫婦を制している。外にある鳥居くらいどうということはないはずだが、ずいぶんとけち臭い。

アマテラスの霊が置かれた場所

嫌な気分になったので、早々に大神神社を離れて北へ向かった。そしてなぜか懐かしかった。

無数の杉が深い森を作っていた。その森に覆われた緩やかな斜面は美しく、そしてなぜか懐かしかった。


山裾《やますそ》に沿って歩くと二〇分で檜原《ひばら》神社に出る。昔の漢字は日原だ。西陽が当たって古代人の目にはまさに日原だったのだ。ここも「三ツ鳥居」がある。「三ツ鳥居」は、全国でこの二箇所だけだ。

真ん中の鳥居を潜《くぐ》れる人物がいて、両脇の通行を許可された人物がいたということである。いったい何者なのか？　ゆるりと彼らに思いを寄せながら檜原神社の解説パンフレットを何気なく流し読んでいると、驚く文にぶち当たった。

——こんなことがあるのか？——

荒木ノートの度肝《どぎも》を抜く秘密とパンフレットの内容が、かちりとつながった一瞬である。いやいやそれだけではない、『日本書紀』ともだ。

まず『日本書紀』だ。

崇神《すじん》（BC一四八年誕生）が、最高神であるアマテラスの「霊」を笠縫邑《かさぬいむら》に移した、となっている。その笠縫邑というのが、ここ檜原神社なのである。

その後アマテラスの霊は、どういういきさつがあったのかは知らないが、気の毒にも各地を流転し、最終的にかの有名な伊勢《いせ》神宮に鎮《しず》まっている。垂仁《すいにん》（BC六九年誕生）の時代だ。

そんなことから檜原神社は知名度は低いものの、今でも『元伊勢』と呼ばれ、伊勢神宮の先輩格に当たるのだ。ようするに本来の伊勢神宮はここなのである。

檜原神社（元伊勢）
↓
伊勢神宮

檜原神社とアマテラスの隠された秘密を覗《のぞ》いたような気になったが、それが度肝を抜かれるほどだと気づくには、実はもう少し時間がかかった。

しばしステッキに体を預け、拝殿をじっと見上げた。

伊勢神宮には八咫《やた》の鏡《かがみ》がある。三種の神器の一つだ。アマテラスが自分の孫に持たせたのがこの特大の銅鏡なのだが、この孫が天皇へとつながっている。

孫の正式名は「アメニギシクニニギシアマツヒコヒコホノニニギ」だ。長ったらしい名前だが、意味は比較的簡単だ。

「アメ・ニギシ・クニ・ニギシ」は「天ニギシ国ニギシ」である。「ニギシ」は魂《たましい》で、つまり天津神の魂、国津神の魂という意味だ。

次の「アマツ」は「天の」で、望月の言う北九州、壱岐、対馬、そして南朝鮮を含む倭人勢力だ。「ヒコ」は、もうお分かりだろう「日の子」で「彦」、すなわち男性である。最後の「ホノニニギ」は稲穂が豊かに賑《にぎ》わうということで、続けて言えば、

〈天津神の魂も国津神の魂も従えた倭人の男、米も豊富に実る〉

という無邪気な名前になる。

一般には迩迩芸命《ニニギノミコト》と呼ばれ、天から降臨したのは九州は日向（ひゅうが、もしくはひむか）と書かれている。その時に携《たずさ》えて来たのが、八咫の鏡である。

鏡は最終到着地の伊勢神宮の内宮に保管されていると言われているが、誰も見たことがない。わずかに明治天皇が目にしたとかしないとかいう噂があるくらいで、仮にあってもそれは偽物だとも囁《ささや》かれている。

八咫の鏡が、この檜原神社に持ち込まれたのはどうやら本当らしく、持ち出されたのはレプリカ、したがって本物はまだここに密かに隠されているという話も耳にしている。

あたりは寂《せき》として音はなく、望月はしばし静寂の中に立ち止まった。頭はものを考えて

いる。

――待てよ――

しばらく考えていたが、ふいにようやく整った。

大神神社の祀神《さいじん》はオオクニヌシ

檜原神社の祀神はアマテラス

オオクニヌシは出雲から来ている。そしてアマテラスは高天原《たかあまはら》だ。高天原の場所は特定できないが、『古事記』によれば人間が住む葦原中国《あしはらのなかつくに》（出雲）ではない。望月の推理ではやはり例の倭国で、都はやはり北九州となる。

国津神《くにつかみ》と天津神《あまつかみ》のトップが同じ三輪山に祀《まつ》られているのである。

オオクニヌシ（出雲）　→　三輪山

アマテラス（北九州）　→　三輪山

この意味はとてつもなく大きい。なにせ国津神は出雲を中心とする新羅系、そして天津神は倭人系のシグナルだ。

北九州・出雲の両者が健気《けなげ》にも三輪山で合体しているのである。

両勢力が手を結びヤマト王国建設に踏み出した第一歩の場所がここで、そのシンボルが三輪山ということになる。

古代が少し見えてきた。感慨にふけりながら神社を眺め、山を仰《あお》ぎ見る。

檜原神社を後にしあちこち歩き回ったが、三輪山の裾野はことのほか広がっていた。すべてをじっくり巡るとなると大仕事である。

大小の神社と遺跡が、杉林の間に距離を置いて点在している。視界に現代はなく、歩いていると古代のよどみに迷い込んだ気にさえなる。

暑かったが、ひたすら歩いた。かれこれ二時間ほど散策したろうか、それでもまだ全体の三割程度だ。

ただ気になる人影がつきまとっていた。複数である。視力に難があるのであくまでも勘だが、たしかな気配はあった。

——何者なのか？——

「元伊勢」と呼ばれる神社

三輪山麓の檜原神社には、大神神社同様「三ツ鳥居」がある。伊勢神宮以前にアマテラスの霊が安置されたことから「元伊勢」と呼ばれる。

刺された傷跡がひりひりし、緊張が体を巡っている。ざくっと刺された金属の感触、焼けるような痛み、ぱっくりと開《あ》いた傷口から容赦なく流れる血液。忘れえぬ恐怖が甦《よみがえ》った。

一人にならないよう気を配った。神社巡りの人々を見つけては距離を縮め、歩きながら話し掛け、さも親しげを装《よそお》った。

そうこうしているうちに、いいアイデアが浮かんだ。デジカメである。

いきなり後ろを振り向き、シャッターを押しまくったのだ。手当たり次第の乱写である。

シャッターを連写してから道の真ん中で大胆にも仁王立ちになって、見えない敵に目を凝らしたが、それらしき人影はなかった。

写真に撮られれば敵だって穏やかではないはずだ。デジカメに己が捉えられているかもしれず、それはプレッシャーになる。我ながらいい考えである。

——見ず知らずの人間に手出しさせてたまるか——

と大見得を切ったものの、そろそろ往来の多い道に引き返した方が無難だ。山裾を下ると五、六人の集団に追いついた。ほっとした。すると空腹に気づいた。うまい具合に三輪素麺《そうめん》と書かれた店を見つけた。

中は時間外のせいかあらかた空席だった。迷わず一番奥のテーブルにした。入り口向きに陣取り、帽子を脇の椅子に置く。ハンカチで汗を拭《ぬぐ》い、さっそくデジカメのモニターを覗く。数人が映っている。小さすぎた。ズーム機能で拡大を試みるも人相まではてんで分からなかった。

——気のせいだったのか？——

いや、おそらく撃退したのだ。デジカメなど慎《つつし》み深い抵抗ではあるものの、デジカメを構えた瞬間に逃げたのであろう。

なぜ「山」に「海」があるのか

懐《ふところ》から地図を出して広げる。素麺をすすりながら眺めていると、おかしなことに気づいた。

三輪山縁辺《えんぺん》に、不思議な名前が存在しているのだ。

南の方にある海石榴市《つばいち》だ。日本最古を自己申告する市場跡だが、奇異に思ったのは地名に付いた「海」である。

——はて、ここは山だが……——

海を思わせる文字は、そればかりではなかった。磯城島《しきしま》、磯城瑞籬宮《しきのみずかきのみや》などという名前の宮址があり、北の方にも負けじと貴船《きふね》社や厳島《いつくしま》社といった海にちなんだ神社が散見するのだ。

——山なのに海……——

素麺を味わいながら考えていると、頭の中で記憶の箱が音を立てて開いた。

そうだった。一人苦笑し、紙ナプキンで口を拭った。

信じられないかもしれないが数千年前、ヤマト盆地は大きな海だったのである。海水に満ちていたが、やがて淡水湖へと入れ替わり、時代を重ねながら盆地の底が隆起し、それと共に水が外へ押し出される。排水経路は三輪山の裾野を流れる大和川だというのが地質考古学上の定説だ。

昔、三輪山の麓《ふもと》は海水が洗っていたのだ。

頭には、三輪山をカンナビとして崇《あが》め、山裾に寄せる海から魚介を採《と》って暮らしていた縄文風景である。そして宮址。倭人が侵入し、根を下ろしてミワ王朝を築いたのだ。

そんなことを思いながら金を払い、店を出た。店の前でいったん左右に目を配ったが、不審な男はいなかった。

しばらくまた探索することにした。

山の方に上がると気持ちのいい霊気が押し寄せてき、瞑想《めいそう》の気分になった。ひょいと見ると道外れに具合のいい石があったので、上に腰を下ろした。

目を閉じる。脱力、深い呼吸、すべてのものに感謝の念を送るとさっそく脳が痺《しび》れ、あっさりと夢と現《うつつ》の狭間《はざま》に落ちてゆく。

脳裏にぼんやりと映り始めたのは『日本書紀』のストーリーだ。文ではなく画像である。

人がいる。オオクニヌシだ。オオクニヌシが相棒のスクナビコナと協力して国造りに励み、その後スクナビコナを失う。その場面である。

どうしたらいいのか、途方に暮れるオオクニヌシ。そこに忽然《こつぜん》と海の方から怪しい光がやって来る。その光がしゃべった。

「もし私がいなかったら、お前はどうして大きな国を造れただろうか？」

「あなたは何者ですか？」

「私はお前に幸運をもたらす、幸魂《さきみたま》であり奇魂《くしみたま》だ」

はっとするオオクニヌシ。そしてしゃべった。

「たしかにあなたは幸魂、奇魂です。では、これからどこに住みたいとお思いになりますか？」

「私は、日本国《やまと》の三諸山（三輪山）に住みたい」

そこで宮をその地に造った。


額《ひたい》の裏に鮮明な三輪山と大神神社を俯瞰《ふかん》した映像が映っている。と再び闇が降りた。その中でぼんやりと輝いているものがある。幸魂、奇魂だ。二つの魂がお互いに絡み合いながら、宇宙を浮遊しているのだ。

ここで瞑想から抜け、半分だけ現実に戻った。現実とも瞑想ともつかない時空に自分がいる。

霊魂の理解なくしての古代史論議は不毛だろう。原始に立ち返って霊魂を思った。

幸魂とは、穏やかで和を求める霊魂だ。むろん幸福をもたらす。

一方、奇魂とは奇《く》しき魂のことである。「奇しき」という単語は、現代人にとって馴染《なじ》みが薄いのだが「まか不可思議な」あるいは「怪しげな」というほどの言葉だ。

「薬」も「奇しき」が元になっていると考える学者がいるが、望月も案外そうではないかと思っている。とにかく得体の知れないパワーを秘めているのが奇魂だ。

シャーマンは、幸魂と奇魂を呪術によって喚起して政治を決定する。この二つを和魂《にぎみたま》という。和魂以外には荒魂《あらみたま》がある。

和魂
幸魂　奇魂

荒魂

荒魂は文字どおり荒々しく戦う魂で、呼び寄せれば戦闘能力が高まる。エネルギーでパワーアップするウルトラマンのようだが、サキ（幸）、クシ（奇し）、ニギ（和）、アラ（荒）は、倭言葉であって神の名前にも多く見られる。

『日本書紀』ではオオクニヌシの和魂が、ヤマトの三輪山に住みたいと要求しているのだ。

神話の正体

――うん？――

望月は目を瞑《つむ》ったままだったが、どこかに感触があった。もう少しで出雲大社にまつわる謎が解けそうな気がした。

――謎のオオクニヌシの向き……なぜ正面ではなく、そっぽを向いているのか？……それも西だ……――

はっと思った。遠く離れた三輪山に背を向ける格好なのである。

頭からいったん雑念を払い、それから再び気持ちが望むまま瞑想に深く入った。

少しずつ核心が見えてきた。

三輪山に住んだのはオオクニヌシではない。あくまでもオオクニヌシの和魂だ。

オオクニヌシは出雲で暮らしていた。そして今も出雲大社の中で埃をかぶっている。だがそれは体だけだ。奈良の三輪山が和魂を抱きこんだのだ。

すると出雲に残っているのは亡骸だけということになる。いや、そうではない。もう一つ残っているものがある。荒魂だ。ひとたび荒魂が暴れればどうなるか？　きつい災いが降りかかる。

そこで出雲大社には体と荒ぶる魂を置き去りにし、封印した……三輪山には背を向け、東に飛んでこないように。

「二礼四拍手一礼」という出雲大社独特の参拝方法を思い出した。通常より二拍手多いやつだ。

このこだわりも見えてきた。最初の一拍は天皇の皇祖神、天津神へ。二つ目は土着神でこれはだいたい一般的だ。

残る一つはオオクニヌシの亡骸向けであり、最後は荒魂に込められているのではないだろうか？　頼むから安らかにと。

――やはりオオクニヌシは、殺害されている――

殺害したから祟《たた》りを恐れたのである。

『日本書紀』には、出雲勢力を刺激しないような配慮がなされていて、オオクニヌシは平和裏に出雲の国を譲ったことになっている。しかし、やはりそれは表向きにすぎない。『古事記』の平和的ではない記述が、それを物語っている。それどころか生き死にの懸かった戦《いくさ》をしているのだ。

オオクニヌシが出雲を造った。それを見ていたアマテラスが本能丸出しで略奪したくなる。乗っ取りを企《たくら》んで再三、「神」を送って脅しあげるが、ことごとく失敗する。ヤマトの切り札は武闘派タケミカヅチだ。

出雲に上陸したタケミカヅチはオオクニヌシに国譲りを強要する。

オオクニヌシの息子、タケミナカタを祀る諏訪大社。『古事記』によれば、タケミカヅチに攻められたタケミナカタは、出雲から諏訪湖へ追いつめられる。

青くなったオオクニヌシはすでに隠居しているので、子供に訊いてほしいとヤエコトシロヌシに話を振ってしまう。

強面《こわもて》のタケミカヅチを前に臆病風に吹かれたヤエコトシロヌシは、白旗を掲げてあっさりと手仕舞う。そこにもう一人の息子、タケミナカタがやってくる。頭に血が上ったタケミナカタは、算段あってか、やってやろうじゃないかと尻をまくった。

ところが侵略者タケミカヅチの力が圧勝した。逃げるタケミナカタ。追うタケミカヅチ。よもやそこまで執念深いとは思いもよらないほど追い詰めてしまうのである。長野県は諏訪《すわ》湖までだ。

万事休す、全面降伏である。その結果、諏訪を出ないことを条件にタケミナカタは許される。

これが『古事記』の白状するストーリーだ。

平和な国譲りなどというきれいごとではない。

長野まで追い込むなど、どう転んでも肉が斬り裂かれ、血しぶきが飛ぶ、戦慄《せんりつ》すべき戦争があったとしか思えない記述である。

では『古事記』がどれだけ信頼できるのか？　あなどってはいけない。

長野の諏訪大社といえば御柱《おんばしら》が有名だ。全国にざっと五〇〇ある諏訪系神社の本社だが、祭神は誰あろう、出雲を追われたタケミナカタと妻のヤサカトメで、諏訪神社の存在がしっかりと『古事記』を裏付けている。

出雲のタケミナカタは実在した。もし童話だけの人物なら、誰が情けない「負け神」を五〇〇もの神社に祀るだろうか？

タケミナカタが実在し、タケミナカタと一緒に逃げ闘った出雲一族が全国に分散したからこそ、腰を据えて多くの神社に祀ったのである。

出雲を武力で制圧し、ボスのオオクニヌシを処刑した。殺すにも殺し方というものがある。その方法は騙《だま》し討ちに近い、むごたらしいものではなかったのか？

殺した後、荒魂を食らってたまるものか、とばかりに巨大な出雲大社を造って完全に封じ込める。オオクニヌシの呪いは並大抵のことでは遮断できない。なにせ特別なことを成し遂げた大物で、荒魂が恐ろしい。そこで後ろ向きにした。その理由は、やはり拐《かどわ》かし同然の残忍な殺害だったからだというのが望月の推測である。

最高司祭者とは

呪い封じは当然、ヤマトに陣取る最高司祭者Xの仕事だ。

ここでXは、実に賢い立ち回りを見せている。オオクニヌシの和魂を送らせた場所は、ヤマトの支配地ではなく、あくまでも三輪山だ。つまり当時勢力を誇っていたミワ族の縄張りに送らせている。

これはどういうことなのか？

出雲はミワ族に引き取られたということだ。おそらく両者は以前から血の交流、つまり姻戚関係があり、ミワだったらそう波風は立たないという読みである。

いったんそうしておいて、今度はミワ族をXが呑み込む。

方法はやはり婚姻だ。ミワ族の娘イスケヨリヒメ（『日本書紀』ではヒメタタライスズヒメノミコト）をXが妻に迎えているのである。

そのXが神武だが、神武という名は天武の後付けだから、やはりXとしておく。

Xは『日本書紀』でも明らかなように高天原にいるアマテラスを祖先に持つ天津神系だ。

天津神と国津神の合体。きわどい綱渡りを経てようやくヤマトと出雲が交わり、ヤマト朝廷の基盤ができあがったのである。出雲が新羅系なのか先住倭人のある一部族だったのか、あるいは予想外のもっとはるか遠い国の民族だったのか、望月の中ではまだ決着がつきかねているのだが、いずれにしても大同合体は、民族が生き続けるコツだ。

オオクニヌシは「縁結びの神」としてその名を全国に知られている。何のことはない、出雲とヤマトの縁結びの神だったというわけである。

ヤマトの完璧なM&A。

逆らったタケミナカタを叩き斬って霊魂を諏訪大社に鎮める。ではオオクニヌシのもう一人の息子、国をさっさと売り渡して雲隠れした出雲の裏切り者、ヤエコトシロヌシはどうしたのか？

なんとちゃっかりとヤマト政権に厚遇されていたのである。後の「壬申《じんしん》の乱」の時には大海人皇子《おおあまのみこ》（天武天皇）を守護する託宣を、名誉回復のここが正念場とばかりに行なっているのだ。要するにヤエコトシロヌシはXと内々に通じていたということだ。このストーリーは『出雲風土記』と一致している。ヤマトはヤエコトシロヌシを巧みに丸め込みあやつっていたのである。

しかし、今ひとつ辻褄が合わないことがある。

出雲のタケミナカタの逃げた方角である。なぜ九州方面ではなく長野なのか？　長野へ逃れるには敵の本拠地ヤマトの脇を通らなければならない。これでは敵陣に突っ込んでゆくことになる。ヤマトと親しい吉備《きび》（岡山一帯）の支配地も通過しなくてはならない。

なぜ九州へ脱出しなかったのか？　出雲は北九州とのある勢力と交流があったはずだ。『出雲国風土記』の国譲りのシーンでも、兄の振根《ふるね》が九州に行っている。なぜわざわざ敵に近づいたのか？　成り行きとは思えないのだ。

――いや待てよ。タケミナカタは誘《おび》き寄せられたのか？――

それとも、もともと出雲の拠点が近畿にあって、タケミナカタはそこを任されたトップだったのかもしれない。

ここまで考えた時だった。不意にいやな手触りを感じて目を開けた。長閑《のどか》な風景に二人の男が、まっすぐこっちを向いて立っていた。

一気に心拍数が上がった。

一人は老齢だった。赤黒い鷲鼻《わしばな》と突き出た顎《あご》。異様な風貌である。白いシャツを着ているが、腕には金無垢《むく》の時計が光っている。もう一人は三〇歳そこそこだろうか、柄《がら》のTシャツに薄い半袖のサファリジャケットを羽織っていた。若造には緊張感が漲《みなぎ》っている。

「何か、ご用ですか」

硬い声を発した。ステッキを大地に突き、ことさらゆっくりした動作で立ち上がる。

「お渡ししたいものがある」

老人は無造作に封筒を突き出した。戸惑ったが受けとった。そうせざるを得ない雰囲気だった。手に取ると中身を見ろとばかりに顎をしゃくった。

二人はじっと見守っている。中から出てきたのは一枚の古く変色した紙だけである。短《たん》冊《ざく》のような長細い形で、印刷されているのは金色に輝く丸が一つ。裏を返した。裏には同じ金色の半丸。

望月は顔を上げ、視線で疑問を投げかけた。

「天皇の故郷ですよ」

老人は意外なことを口走った。だがそれ以上は口をつぐんだ。いささか芝居めいているようだし、試されているようでいい気はしなかった。

「この金の丸が、天皇とつながっていると?」

老人が頷く。

「すみませんが、具体的に言っていただけませんか？　いやその前に、あなた達はどちらの方です？」

老人は眉一つ動かさずじっと望月を見つめている。

「ずっと僕を尾《つ》けていたのは、おたくたちというわけですか」

「いいや」

老人は静かに首を振った。それからふっと表情を緩めた。

「付け狙っていた男の背後を歩いてはいたがね」

「……」

「敵もいれば、味方もいるということじゃよ」

　一拍遅れて気づいた。

「荒木さんの関係ですか？」

　老人の目が一瞬光ったようだった。若者は周囲に目を配っている。夏の陽は傾くことを知らず、昼間の暑さも残っている。

「サンカの方たちですね」

「そういう言われ方は、あまり歓迎しませんな」

　突き放すように言った。

「昔の官憲《かんけん》が、勝手につけた名称で呼ばれるのはね」

「それは失礼しました。では何と？」

「サンカというのは、柳田國男《やなぎたくにお》が大正に広めた言い方じゃ」

　山河《さんが》に隠れ住む漂泊先住民族の存在を世に知らしめたのは柳田で、彼が使用したサンカという名称が広まってしまったのだが、これは不本意だ。仲間の中にはサンカの方がてっとり早いと言って、使う人もいるが、気に食わないと言った。

「我々は先住民族、つまり誇りある先住民族の血を引く人間には違いない。人は本人に断わりなく縄文人と呼んでいるが、我々は一度もそう名乗ったことはない。それぞれの地で、自分は人間だと言ってきたつもりじゃ。年月が経過し、顔ぶれが入れ替わっても心は昔のままじゃ。自然を敬《うやま》い、感謝することをもって古《いにしえ》より強く結びついておる。しかし別に山河に住んでいるわけではない」

口の端を曲げて苦笑した。

「生活の場は都会、海辺、田舎、普通の人間と同じじゃ。我々の正式名は口にはできんが、隠語ではハチだ」

「ハチ?」

老人が頷く。

「ハチの由来は?」

「それは言えん」

「立ち入ったことを訊きますが」

興味が湧いたので踏み込んでみた。

「あなたがたは流浪《るろう》の民《たみ》と聞いていますが、戸籍はどうなってるんでしょうか。住民登録は?」

老人は妙なことを訊くといったふうに、喉仏を上下に動かし静かに笑った。

「戸籍の必要なハチもおるし、そうでない者もおる」

「すると納税は?」

「納税？　どの国にじゃ」

「日本です」

「その義務はない」

ぴしゃりと言って顎を撫《な》ぜた。

「日本？　半島経由で我々の土地に侵略した外人どもがつくった半《はん》ちくな政府のことかな？　そんな国はヨソ様のものじゃ。ヨソ様の国に税を支払うなど間抜けのすることだが、その代わり我々は自分たちの国に納税しておる」

「自分たちの国？」

「そう、我々の国じゃ」

第二の地下政府があるというのだろうか？　しかしそれについてはそれ以上訊かなかった。もっと知りたいことがあったのだ。

「ハチの仕事は？」

「各界のいたるところに進出しておる」

「活動の目的は？」

「さまざまじゃよ。分科会を作ってそれぞれの分野で動いておる」

矢継ぎ早に訊いたが、後は静かに目で拒否された。

「ハチの多くは渡来人が来る前ののんびりした日々を理想郷と夢見るが、わしは違う。古き良き時代はそんなに素晴らしいものではなかったはずだ。それに気付けば今の時代でも悪くはない。じゃが、わしらは渡来人どもが積み上げて造った不埒《ふらち》な価値空間が馴染めないし、許せぬのじゃ。今回は挨拶《あいさつ》だけにしておく。これで失礼する」

と帰りかけて動作を止めた。

「知っていると思うが、あんたは敵に監視されている。死なれては困るのじゃよ」

「なぜ僕を?」

「偽の支配者が流し続ける嘘の情報を人々の頭の中から取り除くのは難しい。天皇制は我々の瘡蓋《かさぶた》じゃ。それを剥《は》がしてくれているのは、望月先生あなただけじゃ。幕引きはさせん。我々も気をつけてはいるが、単独行動はとらん方が身のためじゃな」

一人になって緊張が解《と》けると急に心細くなった。ホテルに戻りながらモレに電話を入れてみる。つながらない。

ついでのようにユカにかけた。声を聞いてほっとした。しかし話しているうちにますます心細くなってきたので事情を打ち明けた。すると我が身を顧《かえり》みもせず、これから新幹線に飛び乗って来てくれるという。はなはだ情けない話だが、大いに歓迎した。

5　卑弥呼

　ユカが到着したのは夜の九時過ぎだった。

　ユカは、何もせず東京で気を揉《も》んでいるだけというのは体に毒だから、夕刻の新幹線に飛び乗ったとしゃべった。学校はちょうど夏休み、手が空《あ》いていたのが幸いした。

「一人旅なんて……」

　ユカが不満げにしゃべった。

「自覚に欠けます」

　言葉の割には雰囲気は穏やかだった。目を細め、いかにも怒っているふうだが、差し出した手土産にはいたわりの心がこもっている。好物の大福である。粒餡豆大福。これで望月のしけた顔もぱっと華やいだ。

　ホテル一階のバー、片隅のブース。暗いバーだった。テーブルには蠟燭《ろうそく》の光だけがちろちろと揺れ、音楽はない。

　大福を見て、望月はアルコールではなく、迷いなく茶を頼んだ。

「用心はしていますよ。観光客にくっ付いて歩いていたのですから」

望月は子供のように肩をすくめる。

「前回は偶然に怪我で済んだんです。本当に幸運、でも次は……」

不安顔になっている。

「それにしてもモレが心配です。突然孤独になりたい人はいますが……」

望月は首を振った。

「警察に話したんですか？」

「そうも考えました。人に言えないトラブルを抱えているのかと思って、勤め先の道場に電話して訊いてみたのですが、ちゃんと休暇願が出されていると」

「休暇ですって？」

目を丸くした。

「うん、そうなると案外、海外旅行かもしれないと思いましてね」

「ならどうして出かける前に、電話くらい入れないのかしら」

「それはその……」

「それに海外旅行にしては長すぎませんか？」

「まあねえ。でも長期休暇というやつかもしれません」

お手上げというように溜息《ためいき》交じりに首を振った。茶が届いたので、さっそく大福に手を伸ばす。待ちきれないガキのようで、ちょいと下品かなと思いつつもかぶりつく。

口のまわりについた白い粉を紙ナプキンで拭い、茶を呑む。うまい。テクノロジーの洪水とセレブ文化を拒絶した、茶の渋さと大福の美学。腰のある餅で噛み心地がいい。

ユカはワインを呑んでいる。赤ワインだが辺《あた》りが暗いのでどす黒い。回していたグラスをはたと止め、身を乗り出して三輪山でのハプニングを詳しく訊いてきた。

「そのハチっていう人たち、結局先生の味方ってことですか？」

「そう思いたいね」

「だったら心強いなあ」

「まあね。ユカさんの方が百人力だけど」

「こんなに、か弱くて？」

「とんでもない。並の男より……」

「先生、どういう意味ですか？」

冗談交じりに望月を睨《にら》んだが、はっきり言って頼れるオナゴだ。背が高く、いや、まさかそんなことはあるまいとは思うものの、会う度《たび》に背が伸びているような気がするのだ。おそらく今では一七二、三センチだろうか。ハイヒールを履《は》かなくても、望月はおろか、そこら辺の若い男など充分見下ろしてである。

ひょっとしたら、こっちの背の方が年々縮んでいるのではあるまいかと思うことがある。したがって相手がますます大きく見えるという錯覚だが、以前、人間は歳をとるとピーク時から一〇センチは縮むという記事を目にしたことがある。知りたくない事実だ。

溜息をつき、茶を呑む。自分とユカの背を比べている自分に気付き苦笑した。大福を頬張ってユカを眺めた。

先刻到着した時、心底ほっと安堵した。同じ釜の飯を食った仲間といったふうでもある。むろん立派な体格のせいもある。学生時代はバレーボールのアタッカーとして鳴らしたらしく、歩き方にも鍛えられたバネを感じる。

いやいや頼りに思っているのは、それればかりではない。

ユカの好奇心と勘の良さだ。天皇はどこから舞い降りたのか？　X は何者か？　正直、けっこうな行き詰まりを感じていて、その助っ人としてのユカの閃きに期待を寄せているのだ。

歴史推理小説――望月の小説のジャンルを勝手にそう名付けているのだが、言ってみればそれはマラソンに似ている。

まず考古学の本や古文書などを読み漁《あさ》って、日々体力の強化をはかる。これが基本だ。基本というのは単調になりやすい。退屈しないためにも、ときどきパートナーの伴走を必要とする。別に腕利きのコーチでなくてもよく、気心の知れた相手が一緒に走ってくれるだけで充分である。

むろんユカは歴史の好プレーヤーだ。斬新《ざんしん》な発想も独特な視点もある。

経験によれば、ユカとのたわいのない会話がこれまでの常識や壁を破壊し、啓示にも似たすばらしい導きをもたらさなかったことは一度としてなく、過剰な期待は禁物だが、今回も弾《はず》みをつけてくれるような気がしてならなかった。

うごめく地下組織

「口ぶりでは」

話に戻った。

「それなりの人数をハチは擁しているようです。ひとっ所に固まることなく、彼らは各界に潜《もぐ》り込んでいるらしい」

「どのくらいの人数かしら」

「さあて……憶測ですが万の単位ではないでしょう。数千人の規模。それに核となる組織は一〇〇人前後と踏んでいます。それ以上なら、噂の一つも聞こえて来るはずです。そうでないところを見ると、絞《しぼ》りに絞った少数精鋭主義をとっているのではないでしょうか」

「闇の政府を作っているなんてほんとかしら。陰謀小説みたいで、何だかついていけませんけど」

望月の心境も、その辺は複雑だった。

出雲からいったん東京の住まいに戻った時に、荒木が口にしたサンカについて調べてみた。出かける前に届いた郵便物の中に、サンカに関する資料が混じっていたのでその中身をかいつまんでユカに披露した。

茶封筒は担当編集者からのものだ。声を掛けておいたのだが、すこぶる目安になった。まず政府の内部関係書類があった。サンカに関するものだが、こいつは見た目にも呆れるほどのでたらめだ。一九一七年三月付の新聞だから大正の中頃である。旧内務省刑事警察講習会の速記録だ。

『山窩《さんか》研究』

〈山窩の犯罪は殺人、強盗、強姦、窃盗なるも、最も多きは強窃盗にして、他の犯罪はこれに次ぐ。ただ山窩の犯罪中特記すべきは、その手段いずれも獰悪《どうあく》残忍にして常に鋭利なる凶器を持し、抗すれば殺傷をも辞せず……〉

政府はサンカを犯罪者集団と決め付けている。

また担当者は「東京朝日新聞」のコピーも送ってきている。

〈犯人は如何《いか》なる者か、当局の警戒法を巧みに熟知して横行出没を極めているが、一説に

は犯人は山くゎ（サンカ）らしいとあり恒岡《つねおか》警部を主任として田多羅《たたら》警部を督して全力に努めている〉（一九二八年一一月二日）

コピーは他にも数点あった。明治から大正にかけてのものだが、サンカ情報、サンカ記事が政府の資料や新聞に散見でき、その数は想像より多い。

しかし世間を騒がしている割には、サンカが反社会的集団だという確証はない。

政府は戸籍を蹴飛ばし、税を納めない「流浪の民」を目の敵《かたき》にし、未解決の犯罪をなすりつけて、身柄をしょっぴく。これで一丁上がりである。

送られてきた資料から、あの時代にありがちな嫌らしいデッチあげによる不当逮捕の構図が鮮明に見て取れた。

これではサンカの方も、たまったものではない。ますます牙《きば》を剝《む》いて地下に潜るはずである。

一方、サンカを縄文人の末裔《まつえい》だとして共感を覚える知識人もいる。しかし彼らとて、その実態を正確に知るものはなく、そうなると、どうしても捉え方がいびつになったり愚《おろ》かしいものになりやすい。

困ったことだが、これは仕方がないことだ。秘密組織という性質上、フリーメーソン同様取材はいたるところで行き詰まるから、胡散《うさん》臭さは含まれてしまうものなのだ。

ところが今日、望月の目前に伝説の男たちが忽然《こつぜん》と現われたのである。あっという間の出来事なので、幻のような気がしないでもないのだが、感覚として敵ではなかった。これまでのところは。

勇気付けられているようでもあり、レース途中、コースに紛れ込んできた闖入者《ちんにゅうしゃ》のようでもあって、妙に落ち着かない。

今こうしていても、どこかで観られているようなのは気のせいだろうか。

目を周囲に配った。視力は弱いが、広いバーのあちこちで揺らぐ蠟燭の光くらいは認識できる。耳を澄ませば、低い囁き声がどこからともなく聞こえてくるようだった。

「ハチの狙いは、ぼやけています。しかし」

暗闇から目を移し、ユカを見ながら続けた。

「存在自体は明らかです。闇の政府と言えば不気味ですが、シャドウ・キャビネットならどこの政党にもあるから、そう怖がることもありません。しかし……」

望月が深刻な顔で声を潜《ひそ》めた。

「どうも……モレが絡んでいるような気がするのです」

「えっ、どういうことですか？」

ユカも声を落とした。

「今日会ったじいさんと、目つきの鋭い若者の佇《たたず》まいが、何となくモレと似ているのですよ」

「それだけですか？」

「それにモレがいなくなって、すぐ荒木が登場しました」

「……」

「入れ違ったというか、まるでバトンタッチした印象です。どうも気になります」

ユカはしばらくワイングラスを回しながら考え込んだ。ワインを一口呑んでから、顔を上げた。

「先生、それって逆じゃないですか？」

「うん？」

「モレは荒木さんが来ることを知って、姿を消した」

「つまり？」

「つまり……モレは荒木さんに見られたくなかった」

「何故？　そうなるとモレは荒木の敵ってことになります」

「そう考えざるを得ません」

「待ってください。自分で何を言っているか分かっているのですか？」

「ええ、荒木さんの敵ってことは、先生の敵っていうこと」

「気にいりませんよ、そんな考えは」

「モレが先生と接触し始めたのはいつ？」

「はて……」

物覚えが悪くなっている。

「たぶん二、三年前……でもちゃんとした男です。本を出す度にいちいち読書感想文を出版社に送ってきてたくらいですからね。律儀ですよ」

「敵でも律儀な人はいます」

硬い声が返ってきた。

「身元調査はしていませんよね」

「ええ……まあ……そう言われれば……」

「出身は？」

望月は頭を掻き、まったく知らないと語った。

「たしかに今思うと身元はぼやけていますが……それは本質的な問題じゃありません」

喉《のど》の渇きを覚え、茶を呑んだ。

「見ず知らずの読者とは、絶対会わない先生の検問をちゃんとくぐり抜けているんですよ」

「……」

ユカがこだわった。

「心得があって、その要領をものにしているんじゃないですか。モレはしかるべき教育を受けたスパイという線は……」

「ありえませんよ……」

ぼそっと言ったものの、今となってはうかつだったという思いもある。

だが望月もいい歳だ。生き延びるコツを学び取っており、ちょっとやそっとではやられない自信もある。

この話題には閉塞《へいそく》感があったので、気晴らしに別の大福をもう一つ頬張った。

「お客様」

いつの間にか黒服のウエイターが横にいた。

「申し訳ありませんが、外部からの持ち込みは御遠慮ください」

望月が手にした食べかけの大福を見つめている。

「すみません」

とっさにユカが助け舟を出した。

「先生は病気なんです。定期的に糖分を摂《と》らなければ体が大変なことに……」

ウエイターが驚いて糖尿病ですかと言い、どぎまぎしながら付け加えた。

「それは気づきませんでした。申しわけありません」

「いやいや」

望月が口を挟んだ。

「こっちこそすみません。こいつをいただかないことには……茶をもう一つお願いできますか」

ウエイターがそそくさと立ち去ると、ユカが目を合わせてきた。おっとりとしたタレ目の笑顔に心が和《なご》む。

「それにしても、よく糖尿病なんて口実に気がつきました」

「糖尿病なんて言ってませんよ」

恥ずかしそうにしゃべった。

「わたしはただ定期的に甘いものを摂らないと大変になると……そうしたら勝手にむこうが糖尿病と……だって先生の機嫌が悪くなるのは本当なんですもの」

「大福は創造力の源で、僕にとっての抗鬱剤《こううつざい》ですからね」

二人は、片隅に光る四つの目に気付かなかった。

巨大古墳の被葬者

箸墓《はしはか》古墳に思いを寄せる古代史ファンは多い。神秘的な外観もさることながら、やれ卑弥呼の墓だ、いや某皇女だ、いやいや一帯を縄張りとする大王の墓である、など喧《やかま》しい。

全長二八〇メートルという巨大さを誇る、箸墓古墳。被葬者については諸説あり、決着がついていない。奥に見えるのは三輪山。

『記紀』も箸墓を語っており、なかなかの盛況ぶりである。

全長二八〇メートルという巨大さ、三輪山から直線距離にしてほんの一キロの位置、そして今にもヤマト朝廷の地盤ができようかという三世紀中期の築造時期。そのすべてが古代史ファンの恰好《かっこう》の餌《えさ》になっており、ユカも学生時代、その餌に食いついた一人だった。

「ここも調査させないんですよ、宮内庁は」

ユカが古墳を見上げ、さっきから悔しそうに愚痴っている。雲一つない真っ青な空が、ひときわまばゆい。

天候とは不思議なもので、あたりがたっぷり輝いていると、ユカの不満が不満に思えないどころか、楽しんでいるふうにさえ見えてくるからおかしなものである。意外だったが、観光客はおろか人影すら見当たらないことだった。騒がれている割には、この小山のような古墳は孤独なのだ。

今日も暑くなりそうだった。だが頬を撫ぜてゆく朝の風は爽やかで、望月は古墳をぐるりと回って北側に足を延ばした。そこには水をなみなみと満たした濠《ほり》があって、水鳥がのんびりと漂っている。

「これがヤマトトトヒモソヒメノミコトのお墓です、といわれても、その人、何者？　って感じですよね。今の天皇とは縁もゆかりもないはずなのに、宮内庁って嫌らしい」

ユカは以前、宮内庁に古墳調査を申請して、けんもほろろに却下された経験があり、相当根に持っているのだ。

「国は童話仕立ての神話を」

望月があやした。

「無理やり現実に当てはめなければ、秩序は保てないと思っているのですよ」

ユカはよほど腹に据えかねていて、愚痴は止まらなかった。

「情けないのは頭脳明晰なはずの学者たちです。ほとんど沈黙ですからね。国家に睨まれたら研究費がおりませんもの」

「すると何ですか？　調査費用をあげるから調査をしてはならないということですね」

ユカが笑った。

「口止め料……でも、学者なんですよ先生。真実が最優先です」

「ユカさんも、まつろわぬ教師です」

腰抜け学者に較べて、ユカの態度は明快だった。ただ連中も自分の地位を守るために、己の好奇心を抑えなければならず、相当息の詰まる暮らしをしているのかと思うと、若干であるが同情を禁じえない。

「最近」

望月が、ステッキの先で古墳を指し示した。

「こいつの主は、卑弥呼だという説がさかんに盛り上がっています」

「近いけど、そうじゃないです」

「近いって……ユカさんは邪馬台国畿内説派でしたか？」

「ええ、九州説ではありません」

ばかにはっきり言ったので、裏切られたような気になった。

――そうか、ユカは畿内説か……――

今さらながら、認識した。別に望月が九州説で一〇〇パーセント固まっているわけではない。微妙な部分がある。ユカもてっきり迷っている段階で、いわば同志だと思い込んでいたので、少々寂しく感じたのだ。

「私の考えはシンプルです」

ユカがしゃべった。

「たしかに大雑把に言えば、この古墳の築造期は卑弥呼の世紀と重なっています。両方とも、ほぼ三世紀と言われていますが、正確には違いますね。卑弥呼の死は二四八年ですから」

「ずばっときましたね」

「『魏志倭人伝』から、年代を割り出したんです。この説は意外と多くの学者が支持しているんですよ、先生。一方、古墳はおそらく二八〇年以降です。両者には三〇～五〇年の隔《へだ》たりがあって、ひょっとすると一〇〇年くらい違うという学者もいるくらいです」

ユカは横たわる箸墓古墳を目の前にして、卑弥呼との断絶は明瞭だと言った。

「いずれにしろ、この界隈《かいわい》に広がる纏向《まきむく》遺跡を見つめなければ卑弥呼には届きませんよね」

異論はない。望月はしんと静まり返った古墳を目を細めて眺めた。不浄の手ではあるが、おいおい暴かせていただくよ、という思いを込めて。

纏向京

古代遺跡纏向は三輪山の麓にべったりと広がっている。面積、南北一・五キロ、東西は実に二・五キロ。

馬蹄形の周濠が発掘された纏向遺跡。水田が見つかっておらず、「都」だった可能性は大きい。

「発掘現場には鋤《すき》がたくさん埋まっていたのですが、鍬《くわ》がほとんどといっていいほどありません」

「どういうことです？」

「鋤は土木工事で、鍬は畑を耕《たがや》すためのもの」

といって可愛らしく小首を傾《かし》げた。

「つまりは、畑がなかったということですか？」

ユカが肯定した。遺跡内では水田や畑が確認されていないというのだ。奇怪である。

水も豊富で、温暖だし、稲作には絶好の土地柄なのだ。にもかかわらず、古代、水田がなかったのだというのだ。望月は首筋をさすりながら不思議に思った。今しがた纏向駅からここまでぶらぶらと歩いてきたのだが、見渡す限りは農地だらけと言っていい。

「でもそれじゃ、鋤を振り上げて何をしていたのです？」

「道路や灌漑《かんがい》工事ですよ」

「街造り？」

「はい、それもずいぶんと計画的な大都市になります」

「この田舎《いなか》が大都市？」

現在とのギャップに面食らった。

「ええ、それもかなりのスケールで、弥生《やよい》時代の小ぢんまりとした集落の規模じゃありません」

「それは分かりますが……」

脳がバリアを張っている。大都市などぴんとこない。

「同時期では、他に類を見ないほど別格なんです」

「別格ですか……」

「市場の存在が推測されてはいるんですが、でもやっぱり畑はない。発掘はまだ全体の五パーセントですけど」

「何、たった五パーセント？」

望月は眉根を寄せ、

「あとの九五パーセントは未調査ですか？　よくそれで纏向一帯に畑がないと判断できますね」

その説は相手にせず、と言わんばかりに苦笑した。

「先生」

怯《ひる》むふうはない。

「遺跡の発掘というのは端から順番に調査するわけじゃありません。一見ランダムに見えますが、対照的にあちこちポイントを選んで掘り返します。でも畑にはヒットしないんです」

「あっそうか」

あっさりと認めた。望月は頭の帽子を押さえ、足の下の地面をとんとんと踏んづけた。そして信じられませんね、ここに大都市が埋まっているなんて、と独り言をしゃべってから、ふと顔を上げた。

「それじゃ、この街に住んでいたシティボーイは、農業に手を染めずに何をしていたのです？　道路工事だけですか？」

「工事は奴隷だけです。上の者は祭祀《さいし》に関わっていたんです」

「祭祀？……ということは、今で言うと政治です。こののっぺりしたド田舎で政治と言われても……」

怪訝《けげん》な顔で疑問を呈した。

「ちゃんと行なわれていたんです」

癪《しゃく》に障《さわ》るほど明快な口調だ。その目で見たのかい、と突っ込もうと思った矢先、ユカの方が先にしゃべった。

「ここは都です。纒向京」

「纒向京ですか」

面白がって語尾を上げた。

「私が勝手に付けたんですけど」

「勝手すぎませんか」

「先生、バチカンに農地がありますか？」

思いもよらぬ角度から来た。

「永田町《ながた》に畑はありますか？　世界中の都に畑はありません」

「そう来ましたか……それで纒向京……でも、しかしですよ」

帽子を被《かぶ》り直しながら物足りなさを拾った。

「農地がないからといって、祭祀の街とは限らないと思うが……」

ユカは、長い指を折りながら根拠を口にした。

まず祭祀用土器が他とは比較にならないほど出土していること。

古墳の数が多いこと。

特に三世紀初頭、列島初の一〇〇メートル超級巨大前方後円墳が出現し、その後あれよあれよという間に矢継ぎ早に六基も築造されており、大小を含めるとざっと十数基にもなると主張した。

「祭祀用土器と古墳なら……ただの墓場ということは考えられませんか？　エジプトには『王家の谷』というのがあります。それと一緒で『王家の盆地』」

ユカがくすっと笑った。後半は呆れたような笑いになったが、それを納めてからさらりと付け加えた。

「ここには鍛冶《かじ》工房や紅花の織物工房もあって、大陸の技術集団が暮らしていたと思われるんです。それに、かなりの住宅が建ち並んでいますし」

纏向京には、人々の暮らしの形跡が認められるので『王家の盆地』ではない、と自信たっぷりに話した。

「それにもう一つの特徴は運河です」

だめ押しのように言ったが、これにはさすがの望月も唖然とした。

「運河？　時代は西暦二〇〇年の日本ですぞ。いくら何でも運河工事というのは大袈裟《おおげさ》すぎませんか」

「はい、推定総延長二・五キロの大袈裟な運河が存在しています」

「マジ？」

と若者の口調を真似《まね》たが、心の底から驚いたのはたしかだった。望月はステッキで地面を突いた。

運河工事というのは、のんびりした風景ではない。新しい国を夢見る壮大なビジョンと高度な土木技術があって、多くの現場監督が指導し、額《ひたい》に汗する人海戦術があって初めて可能なのだ。

運河と巨大古墳群。望月の脳裏には、数万人にのぼる纏向の街が蜃気楼《しんきろう》のように立ち上がったが、古代にしてはとてつもない光景である。

「運河の存在は一点の疑いもありません」

眩《まぶ》しそうな目で言った。

「発掘調査の結果、どうやらその運河が纏向京建設の最初の工事みたいなのです」

「最初ということは工事は段階的に進められていたということですか？　たいそうなことになってきました。そうなると、まさに計画的に誂《あつら》えた都市ということになりますが……」

「ええ、ですから最初にそう言いました」

帽子の前をずり上げ、ぼりぼりと額を掻いた。

「しかしですね」

帽子を元に戻して、磐《ばん》石《じやく》を粉砕すべく反論を試みた。

「都となると宮殿があるはずです。それは？」

「まだ見つかってないんです」

ちょっぴりしょげた顔で答えた。

「ほらほら、纏向京などと呼ぶのはまだ早いと思います」

わざと挑発した。

「宮の跡が見つからなくても充分に都なんです」

「……」

「三世紀の列島はまだ弥生式環状集落の世界です。ここを比較してみてください。桁外《けたはず》れの規模です。これだけの広さのものは九州にだってありません。吉備や出雲にもなかった。どう考えても当代屈指の都市です」

「うーん」

たしかに纏向の古墳群は圧巻だ。ダイナミックな進化である。そして本格的な前方後円墳という、纏向オリジナルと言うべきスタイルは、ここを震源地として列島各地に波及してゆくというのも事実だ。それはユカの言うように全国に割拠《かっきょ》する豪族が、纏向ブランドを認めていることに他ならない。

「先生、それに今のところ発掘はまだ五パーセント。宮殿はまだ偶然見つかってないだけで、これからだと思っているんです」

「偶然見つかっていない……」

ユカの説も、まんざら捨てたものではない。押され気味の望月は複雑な気持ちで腕を組んだ。するとユカは思わせぶりに、ゆっくりとした口調で付け加えた。

「でね、もっとも不思議なのは」

望月は釣られるようにユカを見上げたが、この角度は首が疲れる。話が長くなりそうだったので、近くに頃合いの木箱を見付けて腰を下ろした。

「して、その不思議なことというのは何です？」

「纏向京が突然できたことです」

ユカも隣の箱に座りながら三世紀初頭に起こったであろうことを口にした。

何もない野っ原に、魔法のように出現した纏向京こそが、謎なのだと言うのである。

望月はかなり戸惑っていた。ユカはさらりと言ったが、どうにも状況がつかめない迷宮に入り込んだような気になった。なにせ時代は二〇〇年あたりだ。そんな昔にこれほどの都市建設を立案し、断固たる決意をもって実行した胆の据わった智恵者が存在したというのだから、疑いにも似た感覚が泰然と胸に横たわるのは当然だろう。

定まらない気持ちは、箸墓古墳にまつわる大昔からの言い伝えを思い出していた。

〈昼は人が造り、夜は神が造った〉

煩雑《はんざつ》なイメージが襲い掛かっている。

古代において、都市建設などダイナミックすぎて発想すらおぼつかないのではないだろうか。一気に都を造るなど神の御業《みわざ》だ。それが事実だとしたら、何かが昇華し、飛躍的なことが起こったとしか考えられない。

運河を含む広大な都市計画。まさか宇宙人が飛来して指導したわけでもあるまい。

宇宙人でないとしたら……渡来人、それも運河を含む巨大都市を造った経験者が大量に移住しなければ不可能だ。彼らが集団で渡来した。そしてそれを受け入れ、学び実践した勢力がいたのである。驚きだ。やはりXはそれに関係している。いや絶対にXの仕業だ。

しかしなぜ近畿なのだ？

水の道

それにしても人間とは保守的なもので、いくら考古学的なことを並べられても、そんな馬鹿なという思いは、心の片隅に蟠《わだかま》っている。

列島最初の都は六九四年遷都の藤原《ふじわら》京だと、長い間教えられてきたのだ。誰が何と言おうとこれが日本最古の都市であり、教科書もその線にそって書かれている。

だがその常識を覆《くつがえ》し、藤原京よりさらに約四〇〇年も遡《さかのぼ》って纏向京なる都を思い描くなど感覚がついていかない。

望月は箱に座ったまま、頭の中をすっきりさせるべく身を乗り出した。ステッキを大地にしっかりと突き、両手を柄頭の上に重ねて、さらにその上に顎《あご》を乗せる。

——さてと……都を造るには資金がいる——

とてつもない金額だ。富は金、銀、銅もあるが何と言っても米である。すなわちそれだけ稲作が進化し、あり余るほどの生産があり、それを一手に掻き集める権力者、Xがいたということである。

ネットワークを持たないその辺のチンピラ族長には無理である。

運河を伴う一・五キロ×二・五キロの都市建設。土木工事の知識はむろんのこと、労働者の管理など水陸のあらゆる仕組みが分かっていなければならず、そうなるとやはり先進国、つまり、すでに大運河を造っていた魏の技術者集団を大量に抱《かか》える必要がある。外交を独占し、かつ纏向にとりかかれ！　と命じた、めっぽう抜きん出た智恵者X。

とんでもない大王だ。大王がいたということは、やはり組織化された主国が誕生しているということで、ここはすなわち都だった……。

ここまで考え、ようやく現実味に欠けた纏向京が本物として胸に迫ってきた。

望月はステッキから顎を外し、緩慢《かんまん》に身を起こした。

ユカを眺めた。その眼差しにはユカに対する感謝の色が含まれている。彼女の生き生きとしたヒントは、いつも垢抜《あかぬ》けている。

〈紀元二〇〇年、纏向京の出現〉

古墳に目を戻した。そして思いは違う疑問に移っていた。

ならばなぜ『魏志倭人伝』に書かれていなかったのか？

もし魏の技術者が大量に投入されていたとしたら、陳寿はそれを記録するはずではないだろうか？　しかし匂いすらない。ひょっとすると魏ではなく呉の技術集団ということもありうる。そしてやはり、なぜこんな奥まった奈良盆地に目を付け、彼らは集ったのか、という思いに行き着く。

ここを選んだ理由がどうしても分からない。彼らの心をとろかす何かがあったはずだが、五分以上も考えを巡らせても閃《ひらめ》くものはなかった。

「どうして場所を纏向に決めたのでしょう。だいいちここは盆地です。交通の便が悪い。海が入り込んでいたのは何千年も前の話で、当時はすでに陸の孤島だと思うが……」

「先生、だから運河なんです」

ユカが、春のそよ風のようににこりと笑った。

「運河は分かりますが、まさか海まで続いていたというわけじゃ」

「通じています。大和川とつながって」

「すると大阪湾に抜けられる？」

「ええ、入っても来れます。たとえば中国の使節団がやってきて、大阪湾に入りますよね」

謎解きのヒントは古代の大阪湾の地形だという。昔はもっともっと内陸にえぐれていたのだとユカが説明した。

「今の大阪市街一帯が、海だったんです」

訝《いぶか》しげな眼を向けた。

「先生、独《ひと》り善《よ》がりな憶測ではありません。きわめて科学的な事実です。その海岸が難波《なにわ》津《づ》と呼ばれ、つまり今の難波《なんば》。船頭にとっては難しい波だったので難波です」

大阪の街はそっくり海没していて、瀬戸内にむかって口を開けている湾だったというのである。

「うかつだったなあ、ぜんぜん知らなかった」

「大阪駅は梅田《うめだ》にありますが、土を埋めたから梅田です」

阪急南方（みなみかた）駅は、埋め立てを意味する潟（かた）を当てて、元の漢字は南潟。枚方（ひらかた）もやはり平潟だという説。こじつけみたいだが、ユカは筋のいい真実だと言った。

本人は雑学だと謙遜したが、どうして充分役に立つ情報である。大阪が海水で満ちる景色だったというイメージがあって初めて、古代の畿内に臨場感が湧く。望月は足元から草をちぎって、子供のように投げ飛ばした。

「詳しいですね、昔住んでたのでは?」

無風は草を弄《もてあそ》ばなかった。

「学生時代ですが、古代史研究で関西はしょっちゅう歩き回っていましたから」

「なるほど、そういうこと」

「海に満たされていた大阪湾は、けっこうな賑わいを見せていたんです。奈良に向かう船と淀川《よどがわ》を抜けて京都方面に行く船の分岐点ですから」

分岐点ということは、逆流すれば京都と奈良の合流地点だ。関所もあったろうし、大そうな宿場も造ったに違いない。

チャイナ人たちを乗せた船は瀬戸内海を通って大阪湾に入る。日本海経由ではない。瀬戸内の方が安全だったのだ。

荒れる日本海側、穏やかな瀬戸内というのは単に波風のことだけではなく、纏向勢力が日本海に面した出雲勢力とは危険な関係にあり、むしろ吉備(岡山)勢力と友好関係にあったことが見て取れる。

すでにこの頃から出雲を「山陰」と名づけて敬遠し、吉備を陽の当たる「山陽」と持ち上げていたのではないだろうか。やはり近畿にとって出雲は札付きの反目だった。これは人種的な対立なのかもしれないと思った。

外洋船でゆうゆうと大阪湾に入る。そこで小舟に乗り換え大和川に進入し、纏向京の運河にたどり着く。都への花道である。

「『日本書紀』の推古《すいこ》一六年条にはこう記されています」

〈八月三日、唐の外交官一二人が来たとき、七五頭の馬を飾って海石榴市《つばいち》の路上に迎えた〉

ユカがAD六〇〇年あたりの風景を説明した。

海の向こうから来た唐の客人は船で大和川を上り、支流の初瀬川《はつせ》に乗って、今でも確認できる三輪山麓の海石榴市《つばいち》で降りたのである。大和川と初瀬川は、今で言うなら高速道路だ。

蛸《たこ》の足のように伸びた大和川支流が奈良盆地のあちこちに都を出現させ、淀川が京都に絵のような平安京を造り上げたのである。

奈良は、けっして山に囲まれた孤立した盆地ではなかったのだ。そして纏向京は世界とまっすぐつながっていた……。

連合国家

「いかがですか？」

　ユカが望月の顔を覗き込んだ。

「すっかり、その気になってきました」

「その気になっているところを悪いんですが」

　ユカが続けた。

「せっかく纏向京を造ったのに、一〇〇年ばかりたった三世紀の後半に消滅しているんです」

「また、やってくれますねえ」

　突然都が消える例は世界になくはない。インカやマヤの消滅を髣髴《ほうふつ》とさせるが、古代都市放棄の理由は、おおむね四つだ。

　他勢力の侵略
　疫病《えきびょう》
　地震、洪水など自然災害
　神託《しんたく》

望月は世間の忙しさを忘れ、ゆっくりと考え込んだ。元々がスローだ。すべきことを感じながら、一つ一つ取り組むのが望月のスタイルである。それなくして何の人生か。

「一つ質問があります」

ここで当初の謎をストレートに広げた。

「僕にとって奈良盆地は大事件です。すなわち、何不自由のない交通の要地であることは分かったけれど、それでもなお、わざわざ運河を掘ってまでここに決めたのはなぜか、という疑問が残るのです。お宝があったとはとても思えない」

「それなんですが……」

ユカは水辺に瞳を向けてぼんやりと考え、答えた。

「神のお告げだと憶測しているのですけど」

「シャーマンの登場ですか……」

ユカがこくりと頷いた。

「ははあなるほど、そこでユカさんはそのシャーマンが卑弥呼で、ここが卑弥呼の都、つまり邪馬台国だと結論付けている」

「そうです。『魏志倭人伝』によれば倭国が乱れ、卑弥呼が女王となったのはほぼ西暦二〇〇年です。それは纏向京を造り始めた時と、あまりにもぴったり一致しているんです。

纏向京は邪馬台国の都と言っていいと思います」

以前は邪馬台国九州説が圧倒していた。しかし最近は畿内説が盛り返している。中でもここ纏向説が急速に台頭していて、ユカもこの議論に火を点けた。

「たしかに」

望月がしゃべった。

「卑弥呼は複数のクニの王に認められて女王になっています。『魏志倭人伝』を信用すればですが」

「一種の連合国です」

「その連合国というやつが、納得できないのです」

首を捻《ひね》った。

「近畿の人を敵に回すつもりはありませんが、特に奈良で連合国というのがしっくりしません。しかし、九州連合ならまだ理解できます」

「なぜです？」

「北九州が狭いからです。隣のクニとは嫌でも鼻がくっついてしまいます。そうなれば諍《いさか》いは避けられず、殺し合いになる。そのうちいい加減うんざりしてきます。阿呆でないかぎり、ごたくを並べながらでも共存共栄の道を探るのは理屈です。だから狭い北九州での連合国はイメージできます」

ところが本州となると環境ががらりと変わる。広いから逃げがきくのだ。共同都市を造るより、離れて己《おのれ》の勝手になるクニの王になった方が気楽だ。牛後《ぎゅうご》よりも鶏口《けいこう》というのは王の嗜《たしな》みである。

古代日本を俯瞰《ふかん》すれば、まず一番の勢力は北九州にいる。そして出雲、岡山、愛知、関東にも強豪がそろっている。ＡＤ二〇〇年といえばまだまだ野性的な時代だ。互いの約束事が基本となる律令《りつりょう》国家までの道のりは遠く、さらに三〇〇年も四〇〇年も先のことだ。

人を殺せない優しさが強さになる、などとしたり顔で言っている場合ではない。乱暴な連中が誰彼となく本能を剝き出しで熾烈《しれつ》に戦っている時代だ。にもかかわらず、それぞれのクニグニがぱたりとリーグ戦争をやめて、連合国家を目指すなど、どうしても考えられないのだ。

日本は、古来よりぎりぎりの崖っぷちまでいかなければ、もう戦争はやめよう、力を合わせて国造りに励みましょうという劇的な展開にならないのではないだろうか。沖縄に上陸され、原爆を落とされるという民族滅亡の危機に直面して初めて、これ以上はやばいと、やっとこさ敵の言うことに耳を傾けるという機運が生まれる。

思ったより懲《こ》りない面々なのである。

近畿というだだっ広いエリアを思い浮かべる時、旗色が悪くなれば西に東に、北へ南へと逃げればいいだけである。お互い疲労困憊《こんぱい》すれば、自堕落に、なし崩し的に停戦となるにすぎない。その結果また元の木阿弥《もくあみ》、逃げ散じていた部族はどういうネットワークなのか、だらだらと集まって、どこかの山里にまったりとしたクニが出現するだけで、連合国家建設などという理性的でかつ科学的な情熱が湧き上がってくる理屈がどうしても見えてこないのだ。

近畿は、離れた空間に個として存続できる土地が周囲に広がっている。ならば話し合いはない。望月の考えは少し強引かもしれないが、人間の心理を汲《く》めば感覚としてそうなる。

しかし一方、頭の中にはユカの言うとおり祭祀都市、纏向京なるものは間違いなく存在している。

「日本の武家社会は戦争屋の力技《ちからわざ》で国が成り立っていました。プロの武将が天下を握っていきます。それにひきかえ連合国というのは、西洋の文明国にはありうるかもしれないが、渡来人や倭人にはふさわしいとは思いません」

「先生の言う意味は分かります。ある程度は共感しますがやはり、卑弥呼のお告げです。では次のことはどう解釈したらいいのでしょう。土器です」

ユカが足元に目を落とした。

「纏向遺跡のは、遠い他地域から運び込まれた余所者《よそもの》土器が二〇〜三〇パーセントを占めているという事実です。九州、関東……全国規模での交易がまんべんなくあった証拠ではないでしょうか。そこには何か誇らしげな連合国家が見えてくるのですが」

言いたいことは分かる。たとえば呪術用の弧帯《こたい》文様を持つ「特殊器台」「弧文《こもん》円板」「弧文板」「弧文石板」も出土している。これらのルーツは吉備勢力（岡山近辺）のもので、おそらく吉備の勢力との強い結びつきがあったというのは本当だろう。

吉備ばかりではない。あちこちの各地から土器が搬入されている。

「運び込まれた土器、祭祀道具、纏向京の規模、どれ一つをとっても全国の部族から認められていたとしか考えられないのです」

「……」

「卑弥呼はとんでもないシャーマンです。逆らえば、その一族は滅びるほどです」

ユカが続けた。

「『魏志倭人伝』には卑弥呼は〈鬼道《きどう》に仕《つか》え人心を惑わす〉と書いてあるくらいですからね。シャーマンですから虚飾や虚喝《きょかつ》も使ったと思いますが、部族の王たちはすっかり幻惑され、狂信的に卑弥呼を求め、卑弥呼の都を認め、纏向京を呪術の街として定めた……」

ユカは魔都、纏向京の出現を口にした。

巨大な古墳、赤や紫も艶《あで》やかな建物、奇声を発し、一種異様な姿で呪文《じゅもん》を唱え踊り狂う巫女《みこ》の集団。怪しげに華やいだ妖怪変化の都が、望月の胸を騒がした。

「では、卑弥呼はどこから来たのだろうね？」

「もちろん、ここの生まれです」

「えっ、僕はまた、てっきり九州から移って来たと……」

望月の発言を無視してユカが続けた。

「ヒントは卑弥呼という名前です」

「……」

「漢字で卑弥呼と書いたのは『魏志倭人伝』の筆者、陳寿《ちんじゅ》による当て字です。私が漢字にするなら」

と言って〈日巫女〉という文字を持ち出した。

「分かります。卑弥呼が巫女だったという説はポピュラーですからね。日巫女だから卑弥呼。でもそれは違うと思います。チャイナ読みで卑はベィです。したがって卑弥呼はベィ・ミー・コゥという発音になります」

ユカははっとした顔をしたが、すぐに古代チャイナでは卑をヒと読んでいたかもしれませんよ、と反論した。たしかにそうかもしれない。

「では先生、どうして神に仕える女性を巫女と言うか知ってますか？」

挑戦的な言い方でもユカなら許せる。

のんびり首を横に振ると、巫女は巳《み》の子、つまり〈蛇《へび》の子〉だと言った。

「ほう」

語尾を上げて、座り直した。望月はあらためてステッキの先を地面に落ち着かせ、たぐるような目をユカに向けた。

「先を聞かせてください」

「はい、蛇には霊力が宿っています。霊力のある女の子は蛇の子、つまり巳子で、それが巫女になった」

巳子→巫女という変化だ。

「蛇女……」

「そんなところかしら。縄文人独特の龍蛇信仰です」

ヒミコは太陽と蛇の子だから、ここまで言えば彼女の出身地が分かるでしょうとしゃべって、問わず語りに答えた。

「蛇信仰のメッカ、三輪山です」

望月は、心の中で〝異議あり〟と叫んだが口には出さなかった。

卑弥呼に贈られた鏡

箸墓古墳を離れ、気分がよかったので「山《やま》の辺《べ》の道」を歩いてみようということになった。少しきついが、三輪山麓から奈良盆地の東縁を舐《な》めるように北上するハイキング・コースである。

真夏の陽射しが、まっすぐユカの肩に降り注いでいる。淡いピンクのシャツにジーンズ、それに真っ白なスニーカー。肩から提げた小ぶりのポシェットは、すがすがしい水色で、柑橘《かんきつ》系のオーデコロンの薄い香りと相俟って、湿度は高いが彼女は軽快そのものだった。

最初は纒向川に沿って歩いた。新調したウォーキング・シューズはすでに足に馴染んでいる。ホケノ山古墳を眺め、珠城山《たまきやま》古墳まで歩き、そこから「山の辺の道」に入った。まともに歩けば全長二六キロとタフな距離だ。ただ石上《いそのかみ》神社から先は古墳や神社がなくなる小径《こみち》なので、望月の興味はこの先、七、八キロまでである。

パンフレットには「日本最古の道」とある。なにを基準に日本最古なのか、その辺はご愛嬌だ。

足を踏み入れると獣道のような細い小径が一筋、林をえぐるように伸びている。かと言って荒れた様子はない。得体の知れない蔓草《つるくさ》などは見当たらず、ありふれた草がまんべんなく両脇の地肌を覆っていた。

並んで歩くとユカの肩が触れるほど道は狭い。どうにも歩きづらく、前後一列になった。こういう場合、女性は後ろに男性がいると落ち着かないらしく、お先にどうぞと譲られた。

人影はなく、我々二人だけである。黙々と歩いた。流れる汗が気持ちいい。ナチュラル・サウナだ。老廃物が流れ、健康的な時間を過ごしているという満足感がじんわりとこみ上げている。と同時に、自分が古代に紛《まぎ》れ込んだような錯覚も覚える。

ひょっこりと古式床《こしきゆか》しい雅楽《ががく》が聞こえてきそうで、なるほどここは由緒正しき、日本最古の小径なのかもしれなかった。

わずかな傾斜を登って、また下った。径が開けたところで、ユカが話しかけてきた。

「私の説は荒木ノートとかなり違いますか?」

「荒木ノートは完全なものではありません。むろん完璧な人間も完璧な本も存在しませんが、あのノートはわざと穴ぼこだらけにしています」

歩調を緩めて答えた。

「しかし、荒木さんは邪馬台国北九州説です」

「やっぱり」

ユカがハンカチで汗を押さえた。

「予想は的中ですか」

望月は腕で額を拭《ぬぐ》った。

「ええ、で先生は?」

「往生際が悪いです、僕は……」

　とここまで言ってから、腰のものを思い出した。足を止め、ベルトにつけている小さな布製のポーチから封筒を取り出す。老人からもらった短冊である。

　ユカが手に取り、じっと見つめて顔を上げる。

「何ですか？」

　首筋の汗をハンカチで押さえながら再び視線を落とした。

「金色の半月と……こっちは太陽かしら」

「天皇のルーツだと言ってましたが」

「ルーツですか……他には？」

　望月が否定する。

「あの連中は、思わせぶりです。こっちも癪《しゃく》だから、何も訊かなかったのだけれどね」

　短冊を戻しながらユカは、金色の半月と太陽は以前目にしたことがあるような気がすると言った。たしかに望月も記憶のどこかに触れている。

「これはひとまず置いておきます」

　短冊をポーチに仕舞った。

「箸墓は卑弥呼の墓ではない、ということについてはユカさんと同意見です。しかし白状しますと、卑弥呼は畿内に住んでいたとは思えないのです」

「やっぱり先生も邪馬台国九州説なんだ」

「まあ聞いてください」

ユカはもの問いたげな表情で、口をつぐんだ。少し道幅が広くなったので二人は肩を並べて歩いている。銅鏡の話をした。

「邪馬台国畿内説が拠《よ》り所《どころ》としている一つは、三角縁神獣鏡《さんかくえんしんじゅうきょう》です」

魏《ぎ》の国が卑弥呼に贈った「一〇〇枚の銅鏡」のことである。そのことは『魏志倭人伝』に書かれている。

で、この鏡をたぐれば、卑弥呼の居場所に近づくという理屈だ。

「そこで畿内説では『三角縁神獣鏡』を持ち出してきました。卑弥呼の鏡だとね。むろんその主張は後付けです。近畿地方から多く出土しているから、都合よくそれにこじつけたというのが正直なところです。『三角縁神獣鏡』の中心に卑弥呼がいる。しかしこれはもはや時代遅れです」

というのも三角縁神獣鏡はメイド・イン・チャイナではなく、国産だということでほぼ決着がつき始めているのだ。

その証拠は素材の成分などが挙げられるが、決定的なのは発見された枚数だ。一〇〇枚どころか、列島ではすでに五〇〇枚の大台に乗っており、今後さらに増えそうなのだ。

「魏」から卑弥呼への贈答鏡＝一〇〇枚

三角縁神獣鏡＝五〇〇枚

三角縁神獣鏡は卑弥呼につながらず、畿内説は燃料切れだ。

歩く足元を見つめながらしゃべった。

「やっぱり僕は」

「西暦二〇〇年とか三〇〇年とかという早い時期に、一九世紀的な概念での倭国連合は無理だと思っています。お隣の、朝鮮半島を見てごらんなさい」

纏向京に手を付け始めたという三世紀、朝鮮半島は三つのクニに色分けできる。馬韓《ばかん》、弁韓《べんかん》、辰韓《しんかん》だ。しかしこれらはまだ国家の体《てい》をなしていないのだ。

たとえば半島の西に、五三という土着の部族が寄り集まって、馬韓だと名乗っていたにすぎない。国境はなく、だいたいこの辺だろうというぼんやりとした支配エリアがあるだけで、箸にも棒にもかからない初期も初期、幼い国のようなものが芽生えているといった按配だ。

伯済《はくさい》という部族がようやく馬韓を統一して百済を造ったのは、そんな乱立時代から一五〇年も後のことである（三四六年）。

その後は高句麗、新羅、百済というクニが起こり、また三つ巴《どもえ》の争いになる。半島全域を新羅が統一したのはさらに三〇〇年以上たった六七六年。あの狭い朝鮮半島でさえ、しかも、チャイナという手本となるべき国が隣にいたのに一本化は七世紀にずれ込んでいるのだ。それも新羅はチャイナ（唐）の軍事力を借りて、やっとこさ百済を呑みこんでいる。

「日本列島は朝鮮半島より懐が深い。三世紀という早い段階で近畿連合国というのは、やっぱりすごすぎます。ぴんときません」

何度も言うが部族の王は全国に割拠している。北九州、南九州、出雲、岡山、愛知、近畿、関東、東北……。彼らは山や海で隔たっていて、それぞれの地域に数百人、いや千単位かもしれない、けっこうな軍隊を確保しているのだ。

その勢力が、急に目覚めて、ねえ相乗りで国を造りましょう、などという意識を持てるだろうか？　望月はしつこいほど何度も考えたが、いまだに幻影すら見出せないでいる。

「そりゃ卑弥呼はすごい呪術を使ったと思います。しかし倭国はまだばらばらで、誰もが拝《おが》む統一神を持っていない時代のはずです。卑弥呼がいくら評判のシャーマンだとしても、彼女はその部族の巫女であって他部族には関係がない。キリストが神の子であるというのは、イスラムじゃ笑い草です。キリストはイスラム国家じゃ通用しません。それと同じだと思います。マジックウーマン・卑弥呼に他所の部族がひれ伏して、一緒に国を造りましょうと従うでしょうか？

「では、なぜ纏向京ができたと？　僕は疑問です」

「やっぱり武力で突出する勢力がいた。そのXが、畿内に何らかの値打ちを見出して移動し、都市建設をやらかしたのだと思っています」

「強烈な王の独断ですか？」

「その王は有無を言わせず、他の部族間との調整などという手間隙はぜんぶ蹴飛ばす。それだけ力があったのだと思います。他のクニにとっては迷惑な話だし、意に染まないことです。しかし睨《ね》めつけられただけで下駄を預けざるを得ないほどの強力な大王が存在した」

「それは先生がおっしゃるXですか」

「いやそうじゃありません。Xはあくまでも呪術者だから、別に武力でのし上がってきた王がいたのだと思います」

「どこの勢力です？」

望月は軽い興奮を覚えた。ユカと話しているうちに、自分の考えが整ってきたのだ。

「漢字と鉄を一手に握った部族以外は考えられません」

「となると……北九州ですね？」

「そういうことになります」

「ナ国かイト国……」

「そう、その二つのどちらかです。なにせ二つの国は朝鮮半島の玄関口にあって、文明と輸入鉄を完全に押さえています」

「その国が畿内に動いたという見立てなんですね」

「そうなります。『日本書紀』における神武の東征。あれは事実です」

言い切った。

「北九州勢力、いや北九州王朝と呼べるほどの大武力立国が、肚《はら》をくってここ纒向に来ました。そして三輪山一帯を縄張りにしていた三輪族を配下におさめた。そこまでは漠然と描けます。しかしなぜ畿内にしたか？　やっぱり謎はそこで行き止まりになる……」

「北九州から畿内……」

ユカが不満げに応じた。

「あまりにも距離が遠すぎやしませんか？　だとすると、その弾《はず》みは何だったのかしら」

「まさに、弾みです。そう弾み……今、ユカさんの言ったことがヒントになったのですが……」

望月は歩きながら帽子を後ろにずらした。

「やはり卑弥呼のお告げが大きいかもしれません」

「あれ、先生。さっき否定しましたよ」

「そうですが、僕の歴史は常に進化します。つまり卑弥呼の卜占《ぼくせん》に大王が従った。その大王は周辺国の尻を叩いて近畿に動いた」

「すると卑弥呼の住まいは九州ですね？」

「そういうことになります」

「九州のどこですか？」

ユカがたたみかける。

「住居やら墓の特定は生やさしいものではありません。でも何となく……」

意味深なことを一言言い残して、望月は黙々と歩き始めた。

古墳の「かたち」

纏向古墳群を過ぎ、次に柳本《やなぎもと》古墳群を突っ切る。さらに行けば大和古墳群が見えるはずだ。

古墳は大きさで、被葬者の身分が推測できる。一般的には大きければ大きいほど身分が高い。では形からは何が分かるのか？

大ざっぱに言えば形は五つある。

円墳（丸）

方墳（正方形）

前方後円墳
前方後方墳
四隅突出型古墳（アメーバー形）

初期の古墳は三種類だ。円墳と方墳、そしてアメーバー型だと思っていい。

三世紀になって突然現われ始めるのが前方後円墳だ。畿内オリジナルブランドだが急速に広がってゆく。むろん世間で言われているとおりヤマト王国と関係がある。

「前方後円墳ですが」

ユカがしゃべった。

「ヤマト王国成立期以前から、ネットワークを作っていた部族の王だけに許されたマークだと思います。それ以外は前方後円墳の使用を許されなかった」

「たしかにそういう見方はあります。そして僕はそれにプラスしたいことがある」

いささか息が上がってきたので、歩くペースを緩めた。

「国の成り立ちは、世界中どこも変わりはありません。最初にまとまるのは毛色の同じ人種。共通の言語と習慣、さらに同じ神。つまり部族単位で固まって、歴史が進行してゆきます。ここまではいいですね」

「はい」

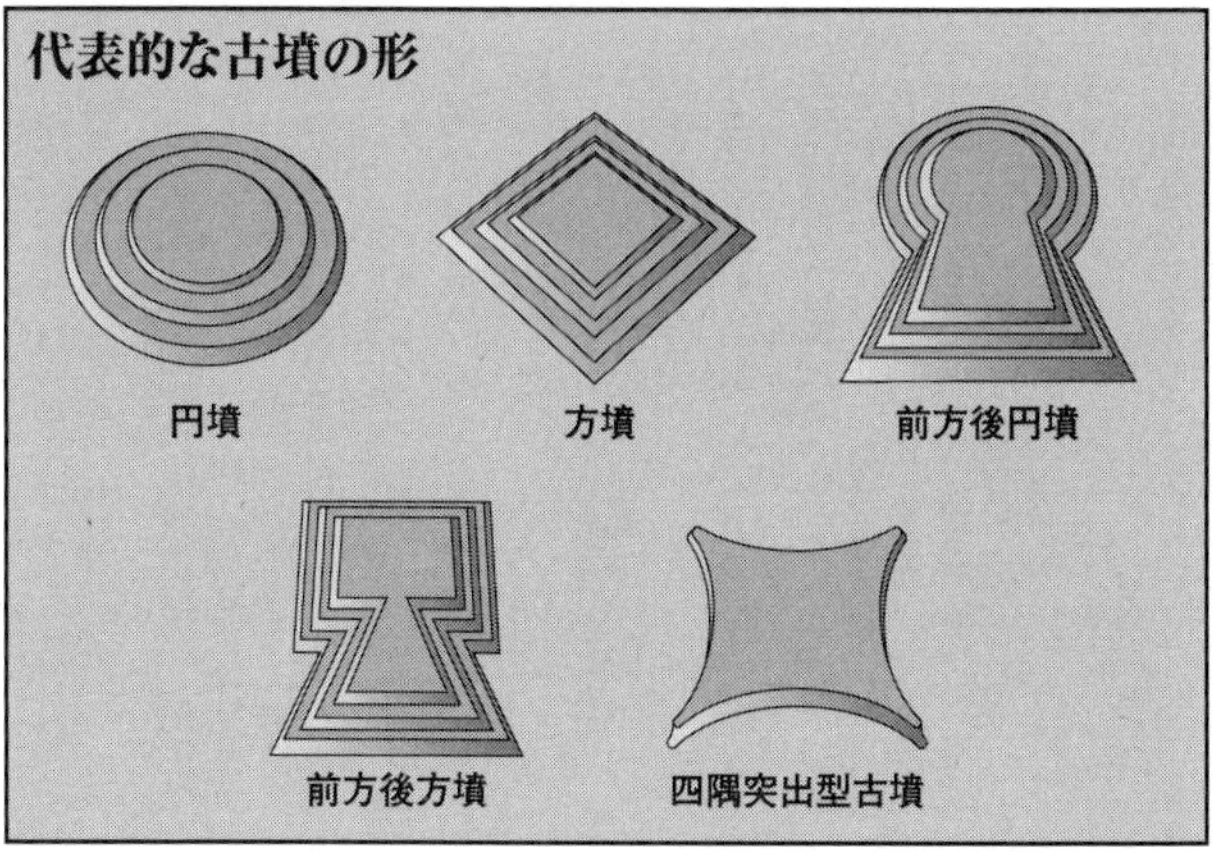

「そこでこの部族です」

縄文人は部族としてまとまりやすい。とくに外来系のよそ者が列島に現われると、大あわてで民族意識に目覚める。

「ところが渡来系はどうだろう。渡来系が一本にまとまるのは至難の業です。チャイナ系もいれば朝鮮系もいます。当時同じ朝鮮系でも馬韓、辰韓、弁韓のいわゆる三韓が並立し、彼らもまたそれぞれ渡来してくる。言っちゃ何ですが三韓といったって、一〇〇を超す部族に分かれているから、中身はバラバラ言葉もぐちゃぐちゃです」

望月は半島人について説明した。

もともと北方は、ツングース系の領域だ。ツングースというのはウラル・アルタイ語系だが、満州系と言った方が分かりやすいかもしれない。いわゆる騎馬民族でもある。

そのツングース系は朝鮮半島の北を占め、後に高句麗というクニを造る。その南も複雑だ。チャイナの中原やら南方から入り込んでいる。

「主に新羅系が出雲に渡って、例のアメーバー型古墳によるマーキングで勢力を誇示しています。むろんこれは今のところは、という但し書きが付きますが……」

歴史は但し書きを付けなくともすべて「今のところは」だ。後々、考古学上の大発見があれば、その説は一瞬にして生命を閉じる。仕方がないことである。

「古墳は、部族のマーキングってことですか？」

嫌味なく訊いた。

「そういう意味合いは強かった、と睨んでいます。いろいろ考えましたが、それ以外に思いつきません」

「円墳はどうなります？」

興味深げに尋ねてきた。

「円墳は天を指すので天津神系、すなわち倭人系のシンボルではないでしょうか。新羅系以外ということになります」

「それじゃ百済系ですか？」

「いやいや、新羅系とか百済系とか便宜的に使っていますが、両国の出現は三五〇年前後で、前方後円墳の登場より一〇〇年も後のことです」

「あっそうですね」

「半島のもっと奥、チャイナの一民族ではないかと考えています」

「すると方墳はどうなります？　方墳は地上を意味するので国津神系ということになりますか？」

「基本的にはそうです。で、これも新羅系のマーキングだと思います」

「でも新羅系はアメーバー型だと……」

「そうです。しかし、それは出雲の新羅で、出雲に属さない新羅系ではないかと思っています。で、やがて出雲が滅び、新羅はすべて方墳としてまとめられます」

ユカが珍説にぶつかったとでも言いたげな目を作っている。

「初めて耳にする説ですね」

「僕は常に独創的です」

「荒木ノートなのじゃないですか」

「違う、違う。これは僕のオリジナルです」

沽券《こけん》に関わるので思い切り否定した。

「あら失礼しました。すると前方後円墳は？」

望月が立ち止まった。ゆっくりと振り返って、ステッキの先を北に向けた。その先には三輪山がある。

「あっ、そうか」

　ユカが口に手を当てた。

「円墳と方墳。そう、ご推察のとおり新羅系、むろん出雲を含みますが、その勢力と倭人系を合体させた古墳です。ユカさん、深刻に考えないでください。まだお遊びの段階なのですから」

　絶え間ない有力勢力の入れ替わり、目まぐるしい新旧交代、その中にあって天津神と国津神はこの三輪山でがっちりと手を結んでいる。アマテラスとオオクニヌシだ。そしてその麓に天と地を表わす前方後円墳が出現する。両者は神社で結ばれ、古墳でつながっているのだ。

　そんな単純な話でいいのかと自問する。そして、おそらく、そんな単純な話なのだと自分で答える。

「前方後円墳が二大勢力の合体を表わしているというのも、先生オリジナルですか？」

「むろんですよ」

　望月が無邪気に笑った。ユカは笑わずに、まじめな顔で尋ねてきた。

「ここに来た倭人はナ国かイト国だとおっしゃいましたよね」

「はい。その話はもう少し後にします。まずは北九州の勢力が畿内に侵略し、出雲を服属させ、三輪山一帯を根城にしていたミワ族と合体した。で造り始めたのが纏向京ということになります。ここまでは混乱はありませんね」

自分に問い掛けるように声を弾ませた。

「いよいよ核心に触れてきましたが、ここで朝鮮半島に一つ気になるクニがあります」

「新」倭人

再び歩き出した。

「加羅《から》です」

「加羅？」

「このクニは我々日本人にとって特別な国です」

加羅はいろいろな名で呼ばれている。伽耶《かや》、駕洛《から》、任那《みまな》……。

朝鮮半島の最も南に位置する。ちっぽけな領域だが、豊かな穀倉地帯でもある。しかし百済、新羅、高句麗に較べて知名度は低く、さほど一般的ではない。

加羅は朝鮮の『三国史記《さんごくしき》』にちゃんと出ている。それより約四〇〇年も古い『日本書紀』にも取り上げられているし、『魏志倭人伝』には狗倻韓国《くやかんこく》という名前が載っており、ご丁寧《ていねい》にも狗倻韓国までの道順が出ている。

朝鮮半島西岸を舐めるように南に行き、また東にしばらく行くと〈倭の北岸の狗倻韓国に着く〉と記されているのだ。音写での当て字は異なっているが、狗倻は加羅のことであろうと推測されている。

今となっては加羅の存在を疑う学者はおらず、いるとすれば韓国の学者だけのようだ。彼らがなぜ加羅の存在を嫌うかというと、そこが倭人の領域だからだ。

有史以前から朝鮮半島に倭人が住んでいた。朝鮮にとっては由々しき問題で、それを認めれば、後々の日本による植民地支配は植民地支配でなくなり、単に旧領土を奪還したというまっとうな話になる。だから加羅が話題に上ると他利的に感じて、急にむきになったりもする。気持ちは分かるが歴史は歴史である。

松本清張《まつもとせいちょう》は『古代史疑』の中で、南朝鮮エリアの「倭」の存在を主張しているが、手前勝手な主張ではない。

『魏志』の中の『韓伝』にも堂々と載っている。

〈韓は帯方《たいほう》の南に在《あ》り、東西海を以《も》って限りとなし、南、倭と接す〉

地図なら紛《まぎ》らわしくないのだが、『魏志』は言葉だ。しかし現代ふうに言い換えれば見えてくるはずである。

「韓国というのは帯方の南で東西は海です。そして南は倭国と接してます」と述べている。

「接する」という限り陸続きである。すなわち倭国は朝鮮半島内部に存在している。

本当にそれが卑弥呼の住む倭国かどうか？　違う倭国を指しているのではないかと言う学者もいる。ところがどっこい、同じ『魏志』『韓伝』にちゃんと書いてあるのだ。

〈冬十二月、倭国女王卑弥呼、使《つかい》を遣《つか》わして奉献《ほうけん》す〉

同じ本に倭国というのは、女王卑弥呼の倭国だと記されている。間違いはない。

また同じく『韓伝』には、こういう記述もある。

〈弁韓は辰韓と接す……その瀆盧《とくろ》国、倭と接する〉

瀆盧国がどこにあるかははっきりしないが、朝鮮半島内であることは疑いない。その瀆盧国もまた倭と接しているのである。

歴史が今ひとつ爽《さわ》やかでないのは、いつの間にか政治が介入してしまうことだ。領土の奪い合いは歴史の奪い合いにリンクしやすく、ある程度は仕方がないのかもしれないが、

倭人が朝鮮半島は、今の金海《きんかい》から南に土着していて、南下する高句麗軍と果敢に戦って敗

れたのは紛れもない歴史だ。

何度も繰り返すが、望月が日頃、上代の時代から倭人と呼ばれる人種は海峡をまたいで北九州、南朝鮮を根城にしていたと口にするのは、歴史の臨場感がそう言わせるのだ。

望月は嚙んで含めるように話した。

「知っていると思いますが、鉄の輸入は加羅の倭人の肝煎《きもい》りで運ばれています」

〈鉄のルート〉加羅→対馬→壱岐→北九州

北九州勢力とは、言うまでもなくナ国とイト国が中心だ。

「ということは先生、ナ、イト国の支配権が南朝鮮まで及んで、鉄や舶来ものの先端技術を……」

「待ってください」

望月が突然足を止め、ユカの言葉を制した。

「違います」

望月は何度も首を振った。

「さっきから倭人、倭人と言っていますが、新倭人とは厳密に言えば混血です」

「……」

「僕は単にチャイナや朝鮮との混血だと思っていたのですが……もっと想像してみましょう」

望月はゆっくりと歩きはじめた。

「倭人の見た目ははっきりしています。刺青《いれずみ》をして髪を結っているからね。これはチャイナの文献に出ています。『魏志』にもそう書かれている。そして縄文人の目から見ても明らかに違っています。身に付けているものも違ったはずで、今で言えばハーフの帰国子女みたいなバイリンガルです。バイリンガル倭人がナ、イト国部族ではないでしょうか」

望月はうん、そうだと一人で納得して、だから自《みずか》らを天津神と呼び、天孫降臨《てんそんこうりん》だと名乗ったのだ。

人種や民族をすぱっと割り切ることはできない。有力勢力が入れ替わり、新旧が交代し、血は絶えず混入する。しかしものを考える場合、最初におおまかに括《くく》るという経過がなければ、どうにもならない。そういう見方で倭人ナ、イト部族という原形を描いてみた。

「ナ、イト部族の親類は壱岐、対馬、加羅にいて、そのネットワークで鉄や先端技術を一直線に輸入しています」

ユカが整理するように付け加えた。

「倭人以外には渡さない。彼らの独占ですね。ということは最強の部族かしら」

「そうです。鉄欠時代だから彼らはとんでもない力をつけています。そして重要なことは日本の神道の古代原形であるシャーマンは、倭人ゾーンから生まれています」

「どういうことですか？」

「壱岐と対馬。この二つの島には古くから壱岐卜部《うらべ》氏、あるいは対馬神道という古代シャーマンが存在していて、彼らは列島の純朴な自然神崇拝とは完全に違っているのです」

「先生、すると卑弥呼は？」

「倭人に間違いはない」

と言った時、ユカが口に手を当て叫ぶように言った。

「あっ、あのさっきの短冊！」

「何？」

「思い出しました、壱岐で……」

ユカが息を呑んだ。一瞬にして顔が強張り、視線は望月の背後に釘付けになっている。

釣られて望月が振り返った。

「モレ……」

そこには、血だらけのモレが立っていた。

「君……今まで、どこに隠れていたのです？」

冷静を装って望月が話しかけた。

巨体は突っ立ったままピクリともしない。背後から滑《すべ》り降《お》りた陽《ひ》の光が、モレの影を道に落としていた。

異常だった。表情のない顔は血で染まり、壁穴のような目は虚空《こくう》を見つめている。いや血だらけなのは顔だけじゃない。ポロシャツも血で濡れている。望月は視力が弱いうえに、ポロシャツが黒かったために気づかなかったが、よく見ると染み出た血が太陽にきらきらと光っているようだった。

ただならぬ気配に、冷たい汗が噴き出るのを覚えた。問いかけるべきなのだ。ステッキを両手に持った。

「どうしたというのです？」

きわめて馬鹿らしい質問が口を突いた。唇が動いたようだった。ますます神経の均衡を欠きながら、かろうじて名前を呼んだ。

「モレ！」

足が動いた。しかし一歩までだった。モレはそのままゆっくりと前のめりに崩れ落ちた。

6　君が代

モレの非業《ひごう》の死にユカは気絶せず、望月もなんとかもった。いつもは爆睡《ばくすい》してしまう帰りの新幹線も、ひえびえとした神経が頭蓋《ずがい》の内側を覆《おお》っていて、とてもじゃないがそんな気分にはなれなかった。強張った手で部屋のドアを開け、寝室に直行するのがやっとである。

明け方、曖昧模糊《あいまいもこ》とした夢の時空にモレが漂《ただよ》っていた。いつまでも立ち去ることをせず、名前を呼ぶが、無言でただ侘《わ》びしく微笑むだけである。

モレの魂が、まださ迷っている。望月は半分眠った頭でそう思った。

予期せぬ死。自分の死が信じられない悲しい霊たちが、現世のあちこちに吹き溜まっており、そこにモレの霊も紛れ込んでいる。早かったが、望月は這《は》うように起きてベッドの上に座った。目をつぶって何とか精神を宇宙に投げ出してみる。モレの霊魂に念じた。

――おかげで僕はこうして元気です。ありがとう。もう心配はいりません。君はすでに物質界を抜けています。だから、安らかなる次元に旅立ってほしい。次元は違っても僕の魂はいつでも君と一緒です。もし、今回できあがった本が世の賞讃を受けたとしたならば、それをモレと分かち合いたいと思います……——

知らない人は、間抜けに思うかもしれない。異論はあるだろう。しかし魂の救済という行為に、やる値打ちはある。というのも、望月は幽体離脱を何度も経験し、異次元を垣間《かいま》見たと信じているからだ。おそらくこういうことは、体験した本人でなければ分からないことなのだ。

この歳である。今さらじたばたしない。命を縮めてまではやらないが、命懸けの覚悟はある。しかしモレはまだ、これからの若者だった。望月自身ショックを吸収するのに二日ほど要した。

怒りと衝撃は和《やわ》らいだが、いくら思い返しても「山の辺の道」での光景が、夢幻の類《たぐい》にしか感じられない。

警察の話では、状況から見て不意の襲撃だったという。出し抜けに背後からやられた。犯人は複数、玄人《くろうと》の仕事だ。望月もそう思う。殺し合いは別物という人もいるが、モレは道場一の実力者、仮にも格闘技のインストラクターなのだ。

「二人か三人……その筋の男たちが鋭く襲いかかってますな」

警察はそう言った。

それでもモレは、驚異的な抵抗を見せたらしい。手と腕に刻まれた数箇所の防御傷が、それを雄弁に物語っている。

しかしそこまでだった。容赦しない第二、第三の攻撃。その威力はナイフの刃《やいば》が、肋骨《ろっこつ》を鮮やかに切断していたほどである。

「どういうやつらなんですかね」

検死官の言葉が耳に残っている。

モレは力尽きて、いったん倒れ込む。殺し屋たちは立ち去ったが、その後、奇跡的に這い上がり、再び歩き始めたのだ。

まさに本能のなせる業だ。望月に何かを知らせようとしたのだろう、息も絶え絶えに一五〇メートルを歩き、二人の前に現われたのだ。

死に直面しても、最後の最後まで我々の身を案じていたのだろうか。強い絆《きずな》を感じ、望月の胸が熱くなった。

現場は寡黙《かもく》すぎた。犯人につながる手掛かりはなにもない。

捜査陣は、鋭意捜査の方針だとか何とか言っていたが、あてにしていいかは疑問だ。というのも、望月は前作『幕末維新の暗号』で、宮内庁からは厄介者としてマークされているという気配があり、そういう意味の回状が、要注意人物として当局にも届いている気がしているのだ。

〈秩序を乱す、まつろわぬ執筆家〉

まさか上筋から公然と現場に手抜き指導が下りているとは思えないが、こういう扱いには慣れている。別れ際に見た刑事の目はシニカルだった。

〈うちの所轄《しょかつ》じゃ、この事件はこれで終わりにするつもりだが、あんたの方は知らないが……〉

何かが起こっている。モレの失踪と殺害は望月の見えない所で、激しい暗闘が続いていることを物語っている。

そもそもモレは「山の辺の道」で、いったい何をしていたのか？

むろん偶然いたわけではない。おそらく望月に張り付いていたのだ。それはよい監視であって、ユカの言う、敵としての見張り役ではない。このことは断言できる。

だいいち敵なら、だらだらと望月の何を探っていたのかということになる。探るものは何もない。

屈託《くったく》のない瞳、不器用だが真剣に主張する口元、何でもおざなりにできない性格。律儀すぎるほど望月のガードに徹したに違いない。今、望月にできることは心底モレを信じ、安らかに送ってやること以外にない。

望月はベッドを抜け、パジャマのまま居間に移った。

ちらりと外に目をやる。テラスの向こうに断崖がそそり立ち、上から蔦《つた》のカーテンが垂れ下がっている。庭の木はそよとも動かず、今日も気温が上がりそうだった。

静かだ。腕をまくって朝のカフェオレの用意をする。

食欲はないがコーヒー豆が入った缶を開けると、いい香りがぱっと広がる。

お湯を注ぎ、手馴れた物腰でポットを置いた時だった。唐突に背筋がぞくっとした。外で物音がしたのだ。とっさに振り返って庭を見ると、猫がばたばたと慌てて走ってゆくのが目に入った。

その余韻はおさまらず、いやそれどころかかえって増幅され、底知れぬ恐怖感がひたひたと迫り上がってくる。

――望月さん、あなたは楽観的ですか？　いえ、悲観的です――

我が身は窮地に陥《おちい》っている。守護神モレを惨殺した敵は自信を深めて、一気に勝負に出てくるのではあるまいか。目をぎらつかせた男たちの精気が押し寄せてくるようだった。防衛などできるわけがない。丸裸だ。再び怖気《おぞけ》が襲ったが、落ち着くよう自分に言い聞かせる。わずかに頭を垂れ、湯を静かに注ぎながら事件の背景を考えた。

モレに、警護の役回りを命じた人物がいる。ハチ……。つまりモレはハチのメンバーだったということになる。仮にそうだとすると、凶事を起こした敵はどの連中なのだ？

ヒトラーに忠誠を誓ったナチ党員のイメージが頭に浮かんだが、そんな話などしゃべったところで、おそらく誰も信じないはずだ。

人間は分かっていることしか口にできない。だから望月はそのまま誰かに打ち明ける。しかし他人にとって内容は前代未聞だ。ことの次第がまるでつかめないどころかパラノイア、またはB級映画の観《み》すぎではないかと疑われるのがオチだ。そこで告白したことを後悔する。

騒ぐだけ時間の無駄なのだ。明快にならないことで騒げば騒ぐほど、周りからはアホに見える。

残された道は一心不乱に自分の本に打ち込み、世間に向かってパンチを繰り出すだけだ。まだXにも明確に到達せず、自信はないが、物書きの武器はそれしかない。

どっこいこっちはまだ生きている。気持ちを適応させて、さっさと仕事にとりかかった方が得なのだ。

コーヒーカップを持って書斎に潜り込み、パソコンの前に座った。

「君が代」発祥の地

珍しい人から電話があった。

「最近、全然顔、出してくれないじゃないですか」

「おやまあ、いつ店、開けたのです?」

神田《かんだ》の古本屋、龍音堂《りゅうおんどう》の江崎清玄《えざきせいげん》である。病気で、かれこれ一年近く店を閉めていたはずだ。

「声の調子では、すっかり回復したみたいですね」

「おかげさまで肝臓は万全です」

望月は、一度見舞いに入院先を訪れている。

「退院おめでとう。でも、酒はほどほどに」

携帯電話でからかい口調でいった。

「勘弁してくださいよ」

望月より五つ六つ若い江崎が、哀れを誘う声で続ける。

「僕は正直働き過ぎでしたね。生真面目《きまじめ》人間のなれの果て」

「生真面目ですか……」

「実直ですから」

「自分で言いますか」

「静養なんて却《かえ》って体に毒です。肝臓なんてどうせ大した治療しないんですから。誰だって、どこかで過ごさなきゃならない。それなら病棟より自宅がいいということで……女房は嫌がりましたがね」

「……」

「それで医者が止めるのを聞かずに、むりやり先週……ほぼ一年ぶりの復帰です」

急に改まった口調が携帯電話から流れてきた。

「天皇X、結論は出てるんですか？」

「復帰そうそう、ずばりと……。見えてるようでもあり、見えてないようでもあります。これにて詰《つ》み、という具合にはいきません」

「でしょうねえ」

望月は携帯電話を持ったまま、うらめしそうに首を振った。

「先生のことはＣＴスキャンのごとく分かります。すべての著書を読み込んで、かれこれ二〇年ですから」

「もうそんなに……」

感慨深げに言った。感情がこもったのは、モレの事件の後で人との絆《きずな》が妙に恋しくなっていたからだったかもしれない。二〇年という歳月が嬉《うれ》しかった。

「龍音堂があったからこそ、僕は歴史作家になれたようなものです」

よく、神田まで足を延ばし店内を覗いたものだった。目当ては今は亡き先代、清玄の父親である。明治の香りのする主人だったが目利きであり、選んでくれる歴史書は桁違いに面白く、それで歴史に目覚めた。

「それでですね、先生」

声の調子が変わった。

「今回の作品を読んでいて閃《ひらめ》くものがありましてね」

「……」

「それに関して、お役に立つ資料を進ぜようと」

「掘り出し物ですか？」

「そう思っていただければ」

望月は礼を述べて携帯電話を切った。

翌日、御茶《おちゃ》ノ水《みず》の坂道を下りながら「荒木ノート」は持参したが、龍音堂には黙っておくという方針で腹を固めた。先入観を与えずに、相手の意見を知りたいと思ったからだ。ノートを出すとしたら帰り際だ。

しばらく歩くと古めかしい看板が見えてきた。今どき自動ドアではなく、両手でなければ開かないという引き戸が、めっぽう渋い音を軋《きし》ませる。特有の匂いがした。声を掛けると、まったりとした空気を掻き分け、江崎が奥から丸い顔を突き出す。

いい血色だが何か変だ。何かがない。おっと、髪だ。あまりの変わりように望月は目を丸くした。

「ずいぶん……すっきりと……」

しみじみとした口調で言った。

「洗髪がめんどうで、静養中にね」

体裁の悪い顔をした。誉《ほ》め言葉を探したが結局、今風だねと言った。

「お客にも受けがいいんです。特に若い御婦人には」

へへへと照れながら頭を撫ぜる。服装も、がらりと違っている。骸骨《がいこつ》プリントのTシャツとジーンズ。いわゆる流行のストリート系ファッションというやつだろうが、古本屋のオヤジの雰囲気ではない。

「自分の見立てじゃないですね？」

Tシャツに目を這わせながら言った。

「息子のお下がり」

「やっぱり……でもいい線いってます」

望月の世辞を丸呑みし、嬉しそうに奥の応接室に望月を誘った。応接室といっても色の抜けたソファとテーブルだけの三畳間である。壁にはなぜかアリゾナの観光地、セドナの写真付きカレンダーが掛かっていた。

「先生、この前の連載でしたよね。〈天皇のルーツは「君が代」に秘められていた〉ってくだりは」

座るなり、切り出してきた。

「『君が代』の尻尾《しっぽ》つかんでるんですか？」

「へっぴり腰でありましてね……」

「荒木ノート」の最後が引っかかっていた。そのうちどういう成り行きでそうなったのか、その解答をどこかの本で読んだような気になり、連載中の原稿に書いてしまっていたのである。半分眠っていたのかもしれない。そのうち、裏付けの本が見つかるだろうと高《たか》を括《くく》っていたということもある。

しかしその後どんなに調べても、それに関する本や資料が見つからなかった。見切り発車が実を結ぶこともあるのだが、今回だけは自分の思い違いだったら、どうまとめようか、とあせっていたところだったのである。

「君が代」の「曲」の方は、はっきりしている。

一八七〇年（明治三年）イギリス陸軍軍楽隊長フェントンが作ったメロディが叩き台になっている。我が国の国歌が、イギリス人の手によるものだというのは意味深だが、間違いのない話だ。

このことは明治新政府の秘密事項である。そりゃそうだろう。一般的な感覚として、イギリスは開国を迫った「夷狄《いてき》」だ。その「夷狄」が、神聖な皇国日本の国歌の礎《いしずえ》で、それに対して日本国民が恭《うやうや》しく起立合唱するなど当時の、いや今でも国辱という人はいるはずである。

だからこそ、政府はフェントンをひた隠しに隠した。今でも知っている人はごく一握りである。

さて「曲」の出所は明快だが、問題は「詩」である。

君が代は
千代に八千代に
細石の
巌となりて
苔のむすまで

果たして誰が詠《よ》んだ歌なのか？

「それじゃ先生、あの〈天皇のルーツは……〉のくだりは、知らないまま書き始めちゃったんです？」

「そのうち閃くだろうと思いましてね。なにせ執筆は背後霊まかせですから」

「やんちゃだなあ」

江崎は、しょうがないといった面持《おもも》ちで机の引き出しを開け、古めかしいコピーを引っ張り出した。

「これ、見てください」

と言って数枚の資料を突き出す。

望月は眉を寄せ、訝《いぶか》しげに目を落とした。

〈君が代発祥の地として、さまざまな説がある。しかしほとんどが独善的で、根拠がったなく……ところが北九州には、君が代の詩のすべてがそろっているのである〉

視線を上げた。江崎が目で頷く。望月はまた資料に視線を沈めた。

〈福岡の糸島郡《いとしま》には細石《さざれいし》神社がある。そして同じく糸島郡志摩《しま》町船越《ふなこし》の桜谷《さくらだに》（若宮《わかみや》）神社の祭神は、苔牟須売神《こけむすめのかみ》である。

さらに八千代もある。

博多湾の東側を「千代の松原」という。「千代」は「末永く」あるいは「縁起のいい」というほどの意味で、その「千代」に福運をもたらす数「八」を重ね合わせたのが「八千代」である。八雲、八重垣、八重山、八重島、八百万の神……ラッキーナンバー「八」を好むのは支那の文化だ。

ちなみに現在の福岡市内にも千代町がある……。

君が代は九州王朝を讃える歌として上代から続いており……〉

最後まで読み終えた望月は、コピーから目を離した。

「思い出しました。僕が以前どこかで読んだものと大いに同じです」

「かれこれ五年前になりますかね」

江崎は思い出すようにしゃべった。

「僕が神社を巡って確認したのは」

「実際に？」

「はい」

「細石神社も？」

「ええ、ばっちりと」

「苔牟須売神は？」

「むろんです」

博多湾に、腕のように突き出た志賀島《しかのしま》にも行って調べたとしゃべった。

「そこの志賀海《しかうみ》神社ですが、驚くのは四月一五日に行なわれる山誉祭《やまほめさい》です」

神主が船の櫓《ろ》を持って〈君が代は千代に八千代に細石の巌となりて、苔のむすまで〉と唱えるのだという。

この祭りは明治以後にできたものではない。上代から連綿《れんめん》と続いているのである。

さらに台詞《せりふ》は〈あれは我が王が乗った船〉から始まり、最後の〈夜中に到着する船は、安曇《あずみ》の王の船だ〉で完了する。

「安曇？　古代の安曇というのは」

望月がしゃべった。

「北九州一帯を拠点としていた倭人・海人《あま》です」

「ええ先生、そのとおりです。渥美、厚海、安積、熱海などさまざまに書きます」

安曇族は普通、潮騒《しおさい》さかんな磯に住み着いているが、はぐれ者なのか長野の山の中や琵《び》琶《わ》湖西岸にも移り住んでいる。倭人は数種の部族に分かれている。海人の典型であるナ・イト国の連中が安曇族だという説に異論は少ない。

「『君が代』は北九州王の賛歌なんです」


〈安曇の君が千代に八千代に末永く栄えますように。細石が地面に埋まって何万年も経つと大きな巌になり、その岩に苔がむすまで……〉


「先生の連載を読んでぴんときたんです。これはあれだってね」

テーブルをとんと叩いて続けた。

「それで父の資料を掘り出したというわけです」

「さすが歴史本の老舗《しにせ》、龍音堂のオヤジさんだけはあります。ありがとう」

「まあ、これは歴史家の白州秀夫《しらすひでお》の唱えた説なんですけどね」

「ほう」

白州秀夫の名前なら耳にしている。熱心な学者で通っているが、学界では異端とされ、世間にはあまり浸透していない。望月もかつて「異端」という評判に興味を覚え、ぜひ一度読んでみたいと思っていたことがある。

「たぶん、先生向きじゃないと思いますよ」

「……」

「白州の着眼点はいいのですが、文章が達者じゃないんです。読みづらくって、だからたいがいの人は途中で諦《あきら》める」

「……」

「彼の仕事ぶりは誠実ですよ。良心に従って書いている。ただやはり論じ方が下手《へた》なんです」

残念そうな顔をした。

「それに自分を信じすぎているところもありますね、白州は。自分が絶対じゃないということを心得てないというか……その辺が自信満々で鼻につくから敵が多い。ただ僕はファンですがね」

「ちょっと彼の説を聞かせてくれませんか？」

久しぶりに江崎と遅くまで話し込んだ。

次第にXが浮上してくる。二人で談じ込めば込むほど、思ったとおり北九州で覇権を獲得したナ国あるいはイト国がかかわってくるのである。

ただしXは王ではない。王は武力で君臨しているが、Xは天地をも動かそうという驚異的な呪術でのし上がっている、というのも二人の共通認識だった。

見せるつもりのなかった「荒木ノート」を出した。

「実は、こんなものがありましてね」

手にとった江崎の顔が、みるみる赤くなった。

「これは……」

「知っているのですか?」

「たしかサンカの……」

しばらく眺めた後、江崎は立って奥に消えた。ものの二、三分で戻ってきた。手にしていたのはA四判の古い茶封筒である。

「これも親父の遺品です。誰かが持ち込んだらしい」

一見して「荒木ノート」と同じものらしいことが分かった。中身にざっと目を通した。やはり同じコピーだ。なぜこんなものが龍音堂にあるのか?

先代の顔がよぎった。

——まさかオヤジさんがサンカ……——

屈託のない坊主頭の江崎を見ていると、疑惑はどこかに流れた。

邪馬台国は北九州にあった。それが証拠薄弱なまま消滅し、いつの間にか近畿に移動したという点までは「荒木ノート」は力強い。しかし、では邪馬台国が実際どこにあったのか？　いつ滅んだか？　最初の天皇はいったい誰なのかという肝心な部分は覇気がない、というより削《けず》られているのだ。唐突に文が終わり、不自然きわまりない強制終了といったふうだ。

望月は三輪山で、ハチと名乗る人物と会ったことを江崎に告げた。モレの事件も。

さっきまでの浮かれた気分は一気に吹き飛び、重い沈黙が狭い部屋を覆《おお》った。江崎はぎりぎりと腕を組み、深刻な顔で壁の一点を凝視している。

「何だかんだ言って」

先に口を開いたのは望月だった。

「連中、実際何も摑んでおらんのじゃないのか？」

「いや知っていると思います」

江崎は眉間に皺を寄せながら付け加えた。

「僕は、親父から聞いたことがある。『魏志倭人伝《ぎしわじんでん》』を見事に解読した危険なグループがあるとね」

「邪馬台国」への改竄《かいざん》

帰り道、望月の頭には『魏志倭人伝』がちらついていた。日本古代史のバイブルである。以前、熱病のように取り憑《つ》かれ、のめり込んだことがある。いい線までいくのだが、歯が立たない。空想で描けるほどお安くないのだ。

『魏志倭人伝』。

正しくは『三国志』というタイトルの書物の中に納められた一つのセクションである。そのセクションには『魏書巻三十、烏丸鮮卑東夷伝《うがんせんぴとういでん》、倭人の条』という副題がついている。

あまりに長いので、一般には『魏志倭人伝』とか、ただ単に『倭人伝』で済ましている。

内容は三世紀の倭国についての記述だ。つまりチャイナが、東にいる野蛮人どもを調べ綴《つづ》った書物なのだが、その中の一つが我が倭人というわけだ。

チャイナの中華思想は徹底している。自分たちを世界の中心、「中華」とし、それ以外はみな野蛮人である。

野蛮すなわち「夷」だ。

そういう目線で、チャイナは四方に東夷、西戎《せいじゅう》、南蛮《なんばん》、北狄《ほくてき》という四つの総括的な呼称を用い、彼らの個別名にはわざわざ下等な鳥や獣、あるいは品の欠片《かけら》もない下劣な漢字をあてがって卑しんだのである。「邪馬台国」や「卑弥呼」などはその典型だ。

東の野蛮人「東夷」には、蒙古《もうこ》、満州、朝鮮、そして我が倭国も含んでいる。なにぶん古代のことで目くじらを立てるのは大人気ない、と知りつつもやはり癪《しゃく》に障《さわ》る扱いだ。

『魏志倭人伝』は〈倭人在帯方東南大海中……〉で始まる、たった二〇〇〇字たらずの漢字の羅列だ。

しかし古代史の宝である。実際に魏がこっちに使者を派遣し、直接見聞きしているので、折り紙付きとまでは行かないが素材は最も正確である。

なにせ「邪馬台国《やまたいこく》」と「卑弥呼《ひみこ》」というビッグネームが登場するのだ。これだけでもぞくぞくする。

いったい邪馬台国はどこにあったのか？　卑弥呼と呼ばれるマジックウーマンは何者で、どこに住んでいたのか？

表現不足や説明の不完全さから、いたるところに紗《しゃ》がかかっている。しかし視界ゼロというわけではない。人名や地名が散らばっており、分かるようで分からない、見えるようで見えてこず、それは筆者陳寿《ちんじゅ》の意図したことではないのだろうが、この絶妙な幻惑に、古代史マニアはこぞって引きずり込まれるのである。

古代から現在に届いた謎の手紙。『魏志倭人伝』解読ゲームは知的だ。

その解読には考古学はもちろんのこと、地理学、民俗学、宗教学、歴史学、政治学、動植物学、鉱物学、航海知識、海洋学、果ては心理学やチャイナ語や朝鮮語まで、幅広い底なしの知識が役に立つし、また必要になってくる。

すなわち『魏志倭人伝』は、考古学者だけのものではなく、どこの分野にもつながっており、あらゆる角度から刺さり込めるという気安さがあるのだ。

この気安さは週刊誌のクロスワードパズルと同質だが、知的興奮は比較にならない。だから見物席のアマチュアまでもが邪馬台国論争にごっそりと参戦し、やれ出雲だ、やれ熊本だ、岡山だ、高知だと乱闘状態になっているのである。

さて、意外なことに『魏志倭人伝』に登場する「邪馬台国」という字はたった一度っきりだ。

しかも「邪馬台国」という漢字ではない。


〈邪馬壹国〉


これはどう読んでもヤマタイではなく、ヤマイだ。数字の「一」と同じである。

「壹」から「臺」への改竄《かいざん》は明らかで、だれかが『魏志倭人伝』の著者、陳寿の断わりなく勝手に書き直したのである。

下手人は誰か？

一般には松下見林《まつしたけんりん》（一六三七～一七〇三）と言われている。その改竄作業は『異称日本伝』ですでに見られる。

松下見林というのは江戸中期、大坂の人間だ。成人後、京都に上った国学者である。畿内とは縁が深く『神国言葉遣式《しんこくことばけんしき》』などを残しているところを見ると、けっこう皇国意識に浸かっている男だ。

『異称日本伝』で見林は〈邪馬臺国《ヤマト》は大和《やまと》国なり〉と謳《うた》っている。

つまり『魏志倭人伝』には「邪馬臺国」と書かれていると偽《いつわ》り、「邪馬臺国」をヤマト

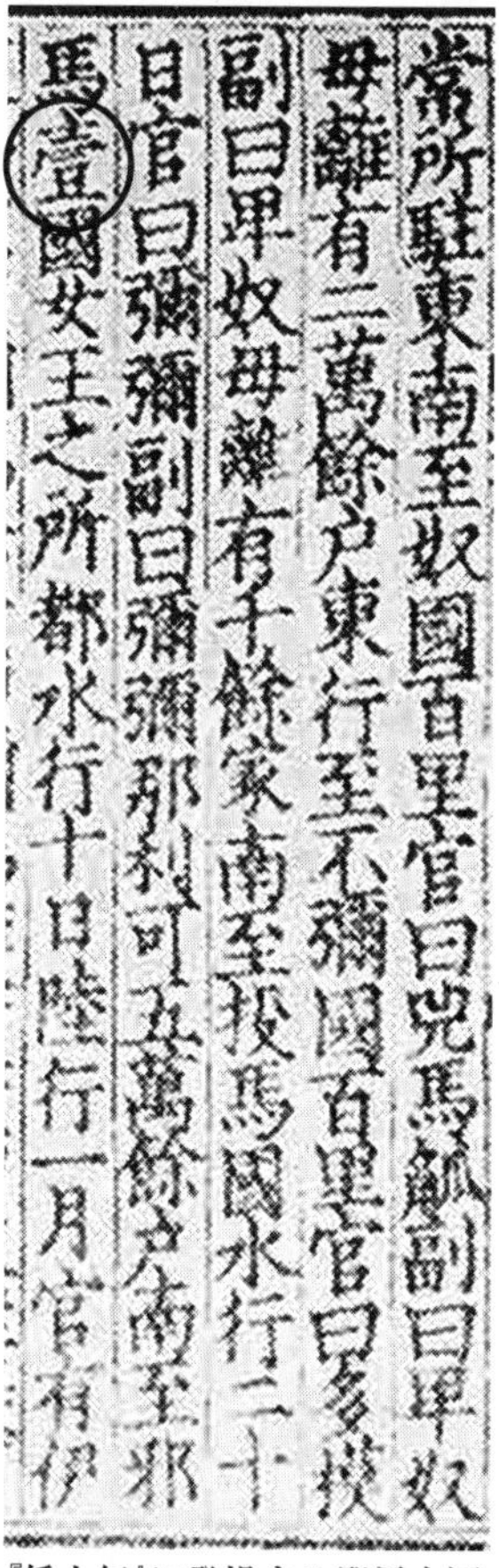
常所駐東南至奴國百里官曰兕馬觚副曰卑奴
母離有二萬餘戸東行至不彌國百里官曰多模
副曰卑奴母離有千餘家南至投馬國水行二十
日官曰彌彌副曰彌彌那利可五萬餘戸南至邪
馬壹國女王之所都水行十日陸行一月官有伊

『倭人伝』に登場する邪馬台国

原書（写本）の四～五行目にあるのは邪馬「壹」国。「壹」は「壱」の旧字であり、「臺」（「台」）ではない。

国と読ませている。

松下見林の狙いはみえみえだ。チャイナの正史『魏志倭人伝』でも、ヤマト国と記しているではないか、それはヤマト朝廷のことで、ゆえに我が国は奈良の地で神代《かみよ》から続く由緒正しき皇国である、と声高らかに宣言したいがためである。

その場合やはり「邪馬壹国」では都合が悪い。

「邪馬臺国」なら何となくヤマトに聞こえるが「邪馬壹国」なら、読み方はどうしてもヤマイになって、醤油《しょうゆ》の銘柄みたいになる。

すなわち歴史を一気通貫する皇国軸というイメージ戦略上まずいのだ。

次に後押ししたのが天下の新井白石《あらいはくせき》だ。一七一七年『古史通或問《こしつうわくもん》』で、見林説の「臺」を追随、踏襲した。近畿説の学者たちが熱き抱擁で迎え入れ、採用したのは言うまでもない。

理由なく「壹《イ》」から「臺《タイ》」に変えるのは、なんぼなんでも乱暴すぎるから、言い訳として『魏志倭人伝』の筆者陳寿に因縁をつけ、彼の書き間違いだとした。

さらにお国自慢のナルシストたちは馬鹿ではない。誤記の根拠をぱんと叩きつけている。どうだとばかりに出してきたのが『後漢書』だ。そう『後漢書』には「邪馬臺国」と記されているから、ややこしいのだ。

後漢というのは魏よりもっと前の古い国だ。だから陳寿は『後漢書』を写す際にミスったとした。一見正しく思えるが、しかしこれも冤罪《えんざい》だ。

たしかに後漢は魏より古い。しかし『後漢書』という本だけは『魏志倭人伝』から下ること一世紀半、五世紀中に書かれたものなのだ。

つまり『後漢書』のネタ本は『魏志倭人伝』であって、あべこべなのだ。カンニングされた方を犯人に仕立て上げるなど、洒落《しゃれ》にもならない。

そして確信犯たちは「邪馬臺国」を読みやすいように現代風にいじくって「邪馬台国」とし、教科書に載せてしまったのである。自分の著作物を勝手にいじられた陳寿は、天国で歯軋《はぎし》りしているに違いない。

再度強調するが『魏志倭人伝』に「邪馬台国」は可視できない。改竄され、汚染された国名なのである。

というと「それがどうした。邪馬壹《やまい》国の考察上、一つの文字のことなど別に劇的とは言いがたい話で、こだわる事項ではない」と言う人がいるが、そうではない。

イメージというのは、ドラマチックではない話の積み重ねなのである。とるにたらない些細《ささい》な告知があちこちに張り出され、やがて鮮やかな虚構がぱんと完成し定着するのである。イメージ戦略と言えば聞こえはいいが、これは洗脳であり、洗脳というのはそういうものなのだ。

したがってこの際、邪馬台国→ヤマト朝廷という幻想は綺麗さっぱり払拭《ふっしょく》し、白紙で考えなければならない。

近畿か九州か？　それとも他の場所なのか？

陳寿は『魏志倭人伝』で、邪馬壹《やまい》国までの方角、道順、距離（日数、里数）をきちんと記している。しかし書かれてあるとおりを律儀に追ってゆくと、いつしか遥か南に日本を外れてしまうのだ。方角、距離数共に古代史マニアの鼻面をつかんで引きずり回したあげく、南の海に投げ入れてしまうのである。

そこで陳寿の仕事はいいかげんだから、真面目に取り組むのは無駄骨だという話で終わってしまっている学者は多い。

そんなことを思いながら歩いていると、いつの間にか神田駅に着いていた。急に空腹を覚えた。時計は七時を回っている。

このまま帰宅するのも中途半端な気がしたので、ユカに電話を入れてみた。道連れが欲しかったのだ。

嬉しそうな声で、運よく夕食はまだだと言った。今まで学校に残っていたのだが、モレのことがちらついて、今ひとつ仕事に身が入らないという。

「気晴らしに出てきませんか？　一杯呑んで卑弥呼でも語りましょう」

「卑弥呼ですか？」

「ええ、まだ卑弥呼です。歩けるようになるまで走ってはいけません。ぼちぼち行きたいと思います」
自宅近くの居酒屋に誘った。

（本書は平成二十年八月、小社から四六判で刊行されたものに著者が大幅に加筆、修正をしました）

一〇〇字書評

切り取り線

購買動機（新聞、雑誌名を記入するか、あるいは○をつけてください）

□（　　　　　　）の広告を見て	
□（　　　　　　）の書評を見て	
□ 知人のすすめで	□ タイトルに惹かれて
□ カバーが良かったから	□ 内容が面白そうだから
□ 好きな作家だから	□ 好きな分野の本だから

・最近、最も感銘を受けた作品名をお書き下さい

・あなたのお好きな作家名をお書き下さい

・その他、ご要望がありましたらお書き下さい

住所	〒				
氏名		職業		年齢	
Eメール	※携帯には配信できません	新刊情報等のメール配信を 希望する・しない			

この本の感想を、編集部までお寄せいただけたらありがたく存じます。今後の企画の参考にさせていただきます。Eメールでも結構です。

いただいた「一〇〇字書評」は、新聞・雑誌等に紹介させていただくことがあります。その場合はお礼として特製図書カードを差し上げます。

前ページの原稿用紙に書評をお書きの上、切り取り、左記までお送り下さい。宛先の住所は不要です。

なお、ご記入いただいたお名前、ご住所等は、書評紹介の事前了解、謝礼のお届けのためだけに利用し、そのほかの目的のために利用することはありません。

〒一〇一－八七〇一
祥伝社文庫編集長　坂口芳和
電話　〇三（三二六五）二〇八〇

祥伝社ホームページの「ブックレビュー」からも、書き込めます。

http://www.shodensha.co.jp/bookreview/

祥伝社文庫

舞《ま》い降《お》りた天皇《すめろぎ》（上）

初代天皇《しょだいてんのう》「X」は、どこから来《き》たのか

平成22年10月20日　初版第 1 刷発行
平成27年 6 月10日　　　第 8 刷発行

著　者　加治将一《かじまさかず》
発行者　竹内和芳
発行所　祥伝社《しょうでんしゃ》
東京都千代田区神田神保町3-3
〒101-8701
電話　03（3265）2081（販売部）
電話　03（3265）2080（編集部）
電話　03（3265）3622（業務部）
http://www.shodensha.co.jp/

印刷所　堀内印刷
製本所　ナショナル製本

Printed in Japan ©2010, Masakazu Kaji　ISBN978-4-396-33625-7 C0121

祥伝社文庫の好評既刊

加治将一
龍馬の黒幕
明治維新の英雄・龍馬を動かしたのは「世界最大の秘密結社」フリーメーソンだった？

井沢元彦
明智光秀《あけちみつひで》の密書
明智光秀の密使を捕縛、暗号解読に四苦八苦する秀吉と黒田官兵衛。やがて解読された「信長暗殺の凶報」。

井沢元彦
隠された帝《みかど》
大化改新の立役者・天智天皇は、弟の天武天皇によって暗殺された！　だが、史書『扶桑略記』には…。

井沢元彦
歴史の嘘と真実
井沢史観の原点がここにある！　語られざる日本史の裏面を暴き、現代の病巣を明らかにする会心の一冊。

井沢元彦
誰が歴史を歪《ゆが》めたか
教科書にけっして書かれない日本史の実像と、歴史の盲点に迫る！　著名言論人と著者の白熱の対談集。

井沢元彦
誰が歴史を糺《ただ》すのか
梅原猛・渡部昇一・猪瀬直樹…各界の第一人者と日本の歴史を見直す、興奮の徹底討論！

祥伝社文庫の好評既刊

祥伝社文庫の好評既刊

樋口清之
誇るべき日本人
うどんに唐辛子をかける本当の理由、朝シャンは元禄時代の流行、日本は二千年間、いつも女性の時代、他。

渡部昇一
日本史から見た日本人・昭和編
なぜ日本人は、かくも外交下手になったのか？独自の視点で昭和の悲劇の真相を明らかにした画期的名著。

渡部昇一
日本史から見た日本人・古代編
日本人は古来、和歌の前に平等だった…批評史上の一大事件となった渡部史観による日本人論の傑作！

渡部昇一
日本史から見た日本人・鎌倉編
日本史の鎌倉時代的な現われ方は、昭和・平成の御代《みよ》にも脈々と続いている。そこに日本人の本質がある。

渡部昇一
日本そして日本人
日本人の本質を明らかにし、その長所・短所、行動原理の秘密を鋭く洞察。現代人必読の一冊。

邦光史郎
黄昏《たそがれ》の女王卑弥呼《ひみこ》［黎明～飛鳥時代］
霊力に翳《かげ》りの見え始めた女王卑弥呼。次なる覇権目指し、伊可留、雄略らの暗闘が…大河歴史小説文庫化開始。